U0691069

天子

秦淮劫

朱晓翔

著

南方出版传媒
花城出版社
中国·广州

图书在版编目（ＣＩＰ）数据

天子秦淮劫 / 朱晓翔著. -- 广州：花城出版社，
2018.8
　　ISBN 978-7-5360-8687-6

　Ⅰ．①天… Ⅱ．①朱… Ⅲ．①中篇小说－小说集－中
国－当代 Ⅳ．①I247.5

中国版本图书馆CIP数据核字(2018)第132218号

出 版 人：詹秀敏
策划编辑：文　珍
责任编辑：周思仪　周　飞
技术编辑：凌春梅
封面设计：ABOOK壹书工作室·殷舍

书　　名	天子秦淮劫	
	TIAN ZI QIN HUAI JIE	
出版发行	花城出版社	
	（广州市环市东路水荫路 11 号）	
经　　销	全国新华书店	
印　　刷	佛山市浩文彩色印刷有限公司	
	（广东省佛山市南海区狮山科技工业园 A 区）	
开　　本	880 毫米×1230 毫米　32 开	
印　　张	8　1 插页	
字　　数	147,000 字	
版　　次	2018 年 8 月第 1 版　2018 年 8 月第 1 次印刷	
定　　价	30.00 元	

如发现印装质量问题，请直接与印刷厂联系调换。
购书热线：020－37604658　37602954
花城出版社网站：http://www.fcph.com.cn

总　序

*收获*编辑部

　　悬疑推理小说对于中国来说是一件舶来品。虽然早在清朝，中国小说中便有"彭公案""施公案"一类公案小说，但真正现代意义上的中国本土悬疑推理小说的出现，还得溯源至20世纪初中国文人对于柯南道尔"福尔摩斯系列小说"的译介与模仿（早期的译介者往往同时也是仿写者）。用范伯群教授的话讲，中国现代悬疑推理小说——当时一般称为"侦探小说"——在诞生之初，就存在一个"包拯和福尔摩斯交接班"的问题。

　　而在中国本土的悬疑推理小说发生后的很长一段时间内，其发展情况并不尽如人意。这可能与中国社会长期忽视理性、科学、法制精神有关，而这些社会普遍认知对于悬疑推理类小说而言，犹如土壤和空气对于植物生存生长一般重要。

　　但近些年来，中国悬疑推理类小说的创作，无论从数量还是质量上，都取得了长足的进步与不错的实绩，涌现出很多有着丰富生活经历和创作才华的年轻写作者。而本套"推理罪工场"系列书则恰是对这些近年来部分创作实绩的一种汇总与展现。

现如今，每一位优秀的中国悬疑推理小说家在创作时都需要面对四个问题：如何面对中国传统公案小说的创作资源？如何面对欧美日本同类型小说的辉煌创作成果？如何融合悬疑推理故事于中国社会环境而达到浑圆的境界？如何用紧张而刺激的故事表达出普遍意义上的人性主题？本套丛书所选的这些小说正是写作者们从不同角度对上述问题作出的思考与回答。

我们现在还很难概括总结出中国悬疑推理类小说已经形成了哪些独特的能立于世界同类小说中的风格或流派，但看过这些作者的作品后，我们有理由相信，距中国派推理小说的诞生，已经不远了。

目 录

天子秦淮劫

一

南京的六月已十分燠热，即便半夜都感受不到一丝凉气，知了有一搭没一搭地嘶叫着，狗也懒得动弹，没精打采伏在阴湿处，空气中布满令人不安的沉闷。

耿狄突然从梦中惊醒，立即听出院中有七八个人的气息，悠长而平稳，显然全是训练有素的好手，再远处，院子前后巷道里隐隐有移动的步履声，以及刀剑与盔甲的轻微撞击声。

不好，我被包围了！

耿狄脑中闪出此念的同时，"轧吱——"有人推开卧室门。他不假思索从枕下抽出长剑，白光乍起，瞬间抵住来人的咽喉。就在剑尖堪堪刺入皮肤时，那人低沉地说：

"是我！"

耿狄手腕滞住，缓缓收回武器并点燃蜡烛，惊异道：

"原来是乔尚书大驾光临，为何搞得如此模样？"

"噗"，乔白岩旋即灭掉烛光，反手关紧房门，压低声音说："大祸临头，为兄不得不谨慎……家里没别的人？"

"我独居一年多，你应该知道的。"

说到这里耿狄有些不安。

乔白岩官居南京兵部尚书，一品大员，近几个月又配合王阳明平息宁王朱宸濠叛乱，战功显赫，京城那边传来的消息是内阁将加授他为太子太保。为什么在宦途一片光明的时候说这种丧气话？

尽管外面重重守卫，乔白岩还是仔细地四下张望一番，然后关上窗户，使得屋子里更加闷热，不过接下来一句话让耿狄浑然忘了周遭的一切：

"皇上失踪了！"

沉默良久，耿狄道："想必该找的地方、该问的人、该想的办法，你都试过？"

"是。"

"何时发现的？"

乔白岩轻叹一口气："已有两天两夜。"

"还有多少人知道？"

"很少，连我在内不超过二十个……我已密报给驻守京城的杨首辅以防万一。"

万一是什么？乔白岩想都不敢想。

身为负责南京治安和此次御驾亲征安全工作的兵部尚

书，倘若大明皇帝在自己的地盘上遭遇不测，无论什么原因，无论后台背景有多硬，都绝对脱不了干系，要为自己的失误付出代价，这个代价或许是……满门抄斩！

"二十个？已经很多了！"耿狄吃惊地说，"流言蜚语飞传的速度远超出你想象，没准过了今夜就变成四十个，后天是八十个。"

"我已竭尽全力，但我毕竟是……外围……"

乔白岩颓然说，脸色灰暗，皮肤都耷拉下来，眼睛熬得通红，两鬓白发尤其显得刺眼。这惊心动魄的两天两夜想必他基本没合过眼，绞尽脑汁，动用力所能及的庞大的人力物力进行拉网式搜索。

"内围谁负责？"

"锦衣卫指挥使、东厂首领江彬。"

听到这个名字耿狄一怔，若有所思道："此事并不简单。"

"我知道，"乔白岩略有几分焦躁，"但对我来说很简单，那就是必须找到皇上！耿师弟，为兄的身家性命全系在你身上了……"他有些哽咽，深深一躬道，"如果最终找不到，麻烦你保护为兄妻儿老小觅个安全的去处……"

简直在托付后事了，饶是耿狄对乔白岩今夜的来意有几分明白，还是难以消受，忙不迭阻住他道："别胡思乱想！以皇上至尊九天的身份，除非遭遇突发变故，否则活的价值远比杀掉要多，只要皇上有口气在，我们就有机会!"

"我也这么判断,"乔白岩恢复平静,"事发后江彬态度很奇怪,每次虽派人全力参加搜索,但闪烁其词,神色暧昧难测,其中必有玄机。眼下局势诡谲,大规模排查肯定无济于事,但表面文章还得做,而你是为兄最后一根救命稻草,也是那些人眼线之外的秘密棋子,你出马能随心所欲,不必受繁文缛节羁绊。"

听他话中有话,耿狄连忙问:"师兄可有线索?"

"失踪前一天皇上在牛首山游览,因此目前大部分搜索力量都围绕那一带,但为兄认为不然,八成是奸人使的障眼法,"说到这里他声音低不可闻,"师弟首先得去秦淮河畔,河营协办守备刘万恒是为兄远房侄子,只须出示我的信物可交托心事。"

耿狄听了顿时心中雪亮。

正德皇帝大概是大明帝国历代帝王中最好色的主儿,不提声名狼藉的"豹房",单这次所谓御驾亲征,一路上就搅出一箩筐糗事,花天酒地,强征美女,以至于扬州城未嫁女子都盛装打扮,家人则到街上抢新郎,绑回来立即拜天地入洞房。有位姓邱的秀才同时被三家看中,但他出于义气已与同学的妹妹订下婚约,那几家哪里在乎,几番争夺后被其中一家抢走。邱秀才不失为一诺千金的汉子,居然乘人不备翻墙而逃,孰料被埋伏在巷道里的另一家逮个正着,塞进轿子回家办了喜事。

纵使正德皇帝身边全是江彬的人，但他只是少年贪玩，并不是好糊弄的昏庸之辈，若想神不知鬼不觉瞒过那么多太监、宫女和大臣失踪，必须皇帝本人配合，而以色相诱是最有效的饵。毕竟失踪这事儿正德皇帝以前也干过，两年前他夜潜出城，五天内狂奔数百里，从北京城一口气跑到居庸关，把一干臣子急得差点昏过去。而逛青楼也是正德皇帝的癖好，京城八大胡同他闭着眼都能溜一圈，哪家货色最好，哪家又进了新人，哪家对常客打折，这些情况正德皇帝比老嫖客们还熟悉。既然到了南京，怎会错过"秦淮河畔艳天下"的风情？

"我明白。"

耿狄说着开始穿衣，收拾武器，为即将到来的行动作准备。乔白岩在旁边默默站了会儿，几次嚅动嘴唇欲言又止，耿狄知道他想说什么，笑了笑道："事已至此多虑无益，师兄还是保佑我马到成功吧。"

"唔，"乔白岩沉重地说，"此事蕴含惊天阴谋，凶险异常，无论京城随行的大臣侍卫，还是南京本地官民均难分敌我，不得轻易相信任何人，切记！"

院子外的侍卫们潮水般簇拥着乔白岩撤走，就像出现时一样悄无声息，不同的是留下一副沉甸甸的担子，似大山压在耿狄心头。

天微明，耿狄来到刘万恒在石子巷的宅院，这儿离秦淮河不过一箭之地，风水地势俱佳。听了来意，刘万恒同样惊骇万分，忙不迭关紧门窗，连喝两杯热茶才回过神道：

"下官这……这就封闭秦淮河十里沿岸，部署得力军士挨家挨户、挨个船只搜查，保证连只苍蝇都飞不……"

耿狄打断道："若从花船里找出皇上，众目睽睽下天威何在？恐怕在场之人都得人头落地吧！况且奸人哄得皇上微服私行，以他们的能量必定能逸出重围，到时再想寻皇上比登天还难。"

刘万恒汗涔涔连连点头："师伯教训得是，下官唐突了，不过……"

"八艳之首是谁？"

"容白花，当之无愧的秦淮头牌，八艳之首，"刘万恒脱口而出，"她精通音律，长袖善舞，书画也小有名气，出了名的性格冷，脾气大，而且卖艺不卖身，越是这样欲结交她的公子哥儿越多如过江之鲫，据说已预约到两个月后。"

以正德皇帝的脾性怎会错过？

动身前耿狄多了个心眼，特意戴上人皮面具，随刘万恒匆匆赶到"金枝玉舫"，远远便听到里面的喧哗声。进去一瞧，有位面目清秀的青衣小婢正被几个壮汉围着暴打，旁边满脸横肉的老鸨恶狠狠叫嚣道：

"往死里打，出人命由老娘担当！"

"住手！光天化日之下为非作歹，小心本官将你们捆进监牢！"

刘万恒上前喝止，老鸨见了他顿时收敛些，一把鼻涕一把眼泪地哭诉原委：昨晚客人上门，才发现头牌红伶容白花居然不见了，整个妓院顿时大乱，派人四下寻找了一夜都没有下落，贴身小婢水婷则一问三不知，说不清容白花之前与谁接触过、何时离开，也不能提供任何有价值的线索。

"养条狗还会看门呢，"老鸨指着水婷骂道，"老娘辛辛苦苦养你有何用？不如打死算了！"

"休得胡言！"

刘万恒拿眼色征询耿狄的意见，耿狄微一思索冲老鸨道："刘大人自会协助寻人，不得为难这小姑娘，否则饶不过你……带我们去容白花的厢房。"

厢房并不大，两盏灯均用粉红镂空绣花罩着，屋内帷幕、窗帘、地毯乃至墙上的字画都是粉红色，空气间弥漫着若有若无的甜香。中堂右下角有个浅浅的八卦图案，两边各有几个芝麻大小的字，凑过去一看，写着：

真空家乡，无生老母。

这是白莲教的八字真言！

耿狄脸色大变，心头剧震，暗忖：容白花竟是白莲教徒，倘若她拐走皇帝，那可是天大的麻烦！

二

打发走刘万恒，耿狄兜了一大圈后换了副人皮面具和衣服，悄悄来到"金枝玉舫"对面，在街角酒楼找了个隐蔽的位置坐下，一碟盐花生，一碟卤干，半斤盐水鸭，就着水酒细斟慢饮。

老鸨倒有几分能耐，纠集了三四十名壮汉站在大门口手舞足蹈指示一番，众人齐齐答应，各自策马驶向容白花可能藏身的地点。耿狄并不着急跟踪，悠悠呷了口酒，一副乐在其中的模样。

谁也无法想象，这个一袭粗布青衫、神态懒散貌似无所事事的酒客，竟是六年前凭借一柄长剑力压中原九大剑客，名动京城的武状元！

由于他与同样武状元出身的乔白岩为同一个主考官——边境三镇军务总制杨一清，按科举习俗算是同门，遂以师兄弟相称。当年杨一清十分看重耿狄，有意荐举他到边塞军营历练，积累军功以便晋升。无奈正德皇帝欣赏其空灵飘逸的剑法，一句话将他调入"豹房"。

事实证明这是耿狄噩梦的开始。想到这里他不由轻叹一口气，"吱溜"将酒杯喝个底朝天。

一晃几个时辰过去了，外出寻人的壮汉们还没回来，

"金枝玉舫"里老鸨率众人吃过饭后懒洋洋回房休息，养足精神迎接秦淮河畔每晚的笙歌醉乐。此时烈日当空，晒得地面直冒烟火气，街上空荡荡的，所有人都猫在家里躲避暑气。

这时"金枝玉舫"东南角侧门有个灵巧的身影一闪，随即没入对面巷子。

"终于出来了！"耿狄暗喜，扔下几钱银子旋风般冲出酒楼。

以他的眼力一瞥之间便看清那个身影就是先前被围殴的小婢水婷，正与他的猜测一致。因为容白花与皇帝私奔存在诸多不确定性，事先不可能有太多准备，仓促之下随身携带物品肯定相当精简，总会落下许多女人用的、零零碎碎的东西，而且假设容白花真是白莲教徒，免不了参加一些隐秘活动，由于身份所限，必定需要水婷从中穿针引线、巧为掩饰。

此外水婷留在"金枝玉舫"也能密切关注官府方面的动静，一旦有风吹草动可及时通知容白花。

倘若官老爷们的做法是抓进大牢严刑拷问，以水婷的倔强和耐力断断不会松口。这也是乔白岩危急关头动用耿狄这颗棋子的原因，就是希望借助他的智慧和敏锐，以及处乱不惊的气质。

水婷身法迅疾，腾挪起转干脆利落且不带一丝风声，一看便知习武多年，耿狄紧紧缀住的同时不禁多了几分小心。

白莲教源于南宋年间佛教的一个支系，崇奉弥勒佛，传说由茅子元创立，因教徒戒辛荤、不杀不饮酒，故又名白莲菜，后逐渐演化为民间社群组织。白莲教教义主张打破现状，鼓励民众奋起反抗，建立新的千年福境界，从而吸引大量贫困百姓，加之教徒通过传授经文、符咒、拳术、静坐、气功为人治病等方式广为宣传，借师徒关系建立密切的纵横联系，元明两朝在直隶、山东、山西、湖北、四川、陕西、甘肃、安徽、江苏等省迅速蔓延，影响极为深远。也多次纠结民众爆发大规模暴动，尤以明初永乐年间唐赛儿为甚，明成祖调集数省近十万军队才镇压下来，即便如此唐赛儿仍从容逃逸，事后成祖大为震怒，将山东布政使、参议、按察使、按察副使、佥事和涉事郡县官吏统统处死，又逮捕数万名女尼和女道士押解京师审查，但终未发现其踪迹。

白莲教徒内部以同生父母的兄弟姐妹相称，对外却冷酷无情，动辄杀人灭口甚至祸及满门，行事诡异莫测，是历代官府极为头痛的痼疾。

眼见水婷钻入宅院密集的深巷里，突然腾身而起，在屋脊上几个起落来到一个高墙青瓦的院子前，毫不犹豫跳下去。耿狄一怔，瞭了眼四周并无伏兵，绕到侧院角落纵身飘落。

谁知人尚在半空，一道冷厉的刀光急掠而至，瞬间笼罩他七处要害！

耿狄早有防备，剑鞘在院墙上一点，身体借力硬生生横移数尺躲开必杀一击，随即抽出长剑，在脚尖沾地前拆开偷袭者如影随形的连绵攻势，定睛一看果然是水婷。

"你是谁？始终跟在我后面干什么？"偷袭未能得手使她火气很大，举着刀喝问道。

耿狄一笑："在下以为这句话应该在姑娘施以杀招之前问，否则连冤死者的名字都不知道，在下岂非死不瞑目？"

水婷没心情跟他开玩笑，俏脸绷得紧紧的："快说，不然我……"她左手伸入怀中似要放信号叫唤同伴。

"大劫在遇，天地皆暗，日月无光！"耿狄竖起右掌庄重地说，这是一路上盘算好的应对之词。

水婷一呆，没想到这个男子竟说出白莲教教义，狐疑道："你到底是谁？我为何从未见过你？"

"山东大道门的兄弟，姓庄名铁心，祖师灵山道长。"

"大道门……"水婷歪着头想了会儿，印象里听教中兄妹提起过，活跃在济南、德州、淄博一带，也是白莲教的分支，不过自元末以来白莲教宗派林立，各地组织各自为政，互无往来，彼此并不熟悉，因此她依然毫不客气，"你们大道门跑到南京来干吗？为何跟踪我？"

耿狄叹道："说来话长，若非狗皇帝莫名其妙改变线路，在下何必从山东追过来……或许我们能联合起来做点事。"

水婷警觉地眨眨眼："狗皇帝？联合做事？你……你什么意思？"

"姑娘认为这儿是谈话之地？"耿狄悠悠问。

她一滞，咬着嘴唇想了会儿，一跺脚道："也罢，随我去个地方细谈，"她竖起指头，"事先警告你，不准乱看乱说，凡事都得如实相告，否则……性命难保！"

不知为何，他突然觉得面前这个小姑娘有点像少年学武时宜嗔宜喜的小师妹，哪怕板起脸发脾气都很可爱，让人硬不起心肠说话。

"去哪儿？"

水婷懒得搭理，径直在前面带路穿街走巷，似乎有意卖弄身法，速度提至极致，以至于两侧行人只看到淡淡的影子一掠而过。耿狄紧随其后，始终与她保持四五步距离。大概两炷香工夫，来到汤山山麓一座小石桥边，她收住脚步，微微有些气喘：

"前面是我教金陵分坛，秦香主在此驻守，见了他须得小心些。"

"小心什么？"他微笑着问。

水婷脸一红又转身急行，拐过野果子林，前面郁郁葱葱中隐约可见几幢青瓦红房，应该就是她所说的金陵分坛。

"等等！"耿狄突地嗅到一股浓浓的杀机，低声喝道。

"怎么了？"

水婷刹住身形诧异地问。话音未落，树林里"嗖嗖嗖"

蹿出七八条黑影，与此同时石桥下、溪流边均冒出一袭黑衣的蒙面人，将两人重重围住。

水婷似没遭遇过这种场面，顿时僵在原地不知所措。

"从西边突围！"

耿狄大喝一声，拖着她向西冲了几步，却陡地转向往南边冲。两名蒙面人措手不及，勉强挥刀迎战，敌不过耿狄凌厉的剑光，瞬时被撕开缺口。

"附近哪儿有河？"耿狄边跑边问。

对方既然有备而来，肯定准备了快马追踪，甩脱追踪的唯一办法是水遁。

水婷快哭出来："前面村庄右侧有条静水河，可……可我不会游泳……"

"只管跟着我。"

耿狄沉声说，速度越来越快。水婷用尽全力都跟不上，转眼落后六七丈，他见状停下来伸手托住她右臂，风驰电掣向前疾行。这时她才悟出刚刚自己卖弄的那些身法多么幼稚可笑，在他面前简直是关公门前舞大刀，念及此脸颊一阵阵发烫。

身后马蹄声如雨点般密集，粗略判断至少有二十多骑。何方势力有如此大的阵仗，竟敢光天化日之下纵马追杀？耿狄暗暗心惊，抢在追兵前绕过村庄，直奔小山丘后的静水河。

攀上山丘，一眼便看到河边一字排开十多名铁骑，盔甲鲜明，刀枪在烈日下泛出耀眼的光芒。

锦衣卫！

原来是江彬手下的锦衣卫！

刹那间耿狄念如电转，想通了其中关节，毫不犹豫改变方向向左狂奔。

"怎么办？怎么办？"水婷急得迸出泪来。

耿狄低低道："别出声！"

说话间身形急转，揽住她没入路边茂密的草丛里，身体重重压在她身上。

"唔……"

水婷惊叫了半声便被他捂住，想挣扎哪里生得出半丝力气？耳边听着他悠长细密的呼吸，鼻里嗅着他微带汗味的气息，她心慌意乱得不知如何是好，只想着这样被男子轻薄不如死了拉倒……

正胡思乱想，一阵马蹄声由远而近，急速经过两人藏身之处。待到最后一名骑兵经过时耿狄蓦地跃起，将那人踢倒在地，在马背上坐定后叫道：

"快上来！"

水婷不假思索拉着他的手借力跃上去，紧贴着他的后背坐下。前面的骑兵发觉同伴遇到袭击纷纷折回，耿狄一夹马刺，闪电般冲上山丘朝静水河急驰。锦衣卫们看出他的意图，忙不迭从各个方向赶过来围堵，但耿狄骑术明显高于他们，又是先发制人，很快冲破包围圈以一个漂亮的弧线纵马跳入静水河。

"唰唰唰"，几十支长箭射入两人落水处，河面波澜不兴，仿佛什么都没有发生。

耿狄搂着水婷一口气潜游二十多步才贴着河边换气，然后游了数里找到只无人看守的小船，一路绕开沿途重兵把守的关卡，从支流进入秦淮河。

"去哪儿?"这回轮到水婷问他了。

"送你回'金枝玉舫'，你本来就是那儿的人，不是吗?"

"你呢?"

"夜里我会去找你，"耿狄想了想道，"金陵分坛既遭覆巢，包括秦香主在内恐怕性命难保，你们的人质八成也……"

"他另有藏处……"水婷脱口而出，话一出口便意识到不妥，心里懊恼不止，直到从"金枝玉舫"附近下船都一言不发。

看着她远去的背影，耿狄微微一笑，目光在河面上扫了扫，不经意间看到十多丈外的一艘大船上有个熟悉的身影。

兴王府长史袁宗皋!

去年初兴王朱祐杬病逝，继袭王位的朱厚熜才十二岁，王府主要事务均由袁宗皋打理。

袁宗皋是个厉害角色，足智多谋，心机深沉，耿狄在

"豹房"时多次领教过。

在南京乌云压顶，山雨欲来的敏感时机，袁宗皋的突兀出现预示着什么？

三

乔白岩气喘吁吁赶到靖王府夏荷阁时——正德皇帝喜欢王府的荷花，便将行宫设在王府，夏荷阁则成为官员们临时会商政事的地点——吏部尚书郑懿德已急出几身汗。郑懿德是今早才得知皇帝失踪的消息。之前两天呈报的急件奏章不见回应，从附近省份不断赶来请求觐见的王爷、地方大员也迟迟得不到答复，心里已生了疑，直到今早花了几十两银子从内宫太监那边得到确凿消息，当时第一反应是想投河自尽。

此次正德皇帝出巡打着平叛的旗号，行至半途造反的宁王朱宸濠已被镇压，至此随行人员主要是兵部、户部等与行军打仗有关的武官，文官方面只有郑懿德，一是负责与驻守京城的杨首辅等联络，处理急务，二是督促皇帝不能乱来以免有伤国体。事实上对京城那班成天忧心忡忡的阁老而言，后一项任务尤为重要，因为正德皇帝即位后已干了太多太多荒唐的事。

如今被看管的皇帝人都没了，让郑懿德如何交代？

见乔白岩进来，郑懿德顾不上客套，一把拽住他的手埋怨道："天都塌下来了，你老弟还让我蒙在鼓里，是不是想让我怎么死都不知道？"

　　"知道了又能怎样？"乔白岩反问道，"我宁可稀里糊涂过几天安分日子，省却没日没夜愁得发慌……京城那边已密告杨阁老，南京城内则将知情范围压缩到最低，以免人心浮动。"

　　郑懿德心烦意乱来回踱了几圈，道："咱们得梳理梳理此事根源出自哪儿，是皇上自个儿没事闲得慌，还是另有缘由？"

　　"南京不比京城，几年前皇上能悄悄溜到居庸关，关键在于身边太监熟悉那一带地形，以及沿途有心腹接应，南京不同，"乔白岩自信地说，"虽谈不上铜墙铁壁，可入夜后若无我的手谕，任何人都不可能骗开城门远走高飞！"

　　"这么说是有奸人密谋，意欲对皇上不利？"

　　乔白岩谨慎地看看周遭门窗，见四下无人，附在郑懿德耳边悄声道："此事纵使不是江彬所为，他也脱不了干系！"

　　"为何？江指挥使负责皇上起居安全，他要是起了歹心如何是好？"

　　"五天前他指使手下向守门官索要城门钥匙。城门白天开放晚上关闭，有紧急情况须报经兵部许可才能开门，若皇上需要自会下旨，何须江彬出面？因此我存了个心眼，当即下令收缴所有城门钥匙，任何人不得借用，违令者斩！江彬很恼火，派了名锦衣卫指挥同知来威胁我，说凡是跟他作对的都没有好下场，我顶了回去，让那人转告江彬爱怎样就怎样，但休想染指城门钥匙！"

郑懿德听得又惊又怕，万万没想到表面平静的南京早就暗流涌动，忙问："后来呢？"

乔白岩耸耸肩："他见我态度强硬，一时找不着我的碴儿，便不再吱声了。"

郑懿德暗忖乔白岩在京城方面有杨一清做靠山，与杨廷和等内阁也交情匪浅，确实有与江彬叫板的资本，遂道："如此说来皇上失踪就是江彬做的手脚，我们还等什么？赶紧部署人马将他拘捕起来！"

"不可轻举妄动，"乔白岩解释道，"一则究竟是否江彬所为并无证据，现在内讧不利于寻找皇上，二则就算江彬是罪魁祸首，抓了他只会打草惊蛇；三则……"

说到这里戛然而止。

郑懿德正听得入神，不由催促道："继续说呀。"

乔白岩定定看着他，眼里闪着幽幽的光芒，声音细不可闻："江彬强煞了不过是太监，熬到目前的位置算到了顶，他诱使皇上失踪，意在何为？"

此语如同晴天霹雳，重重打在郑懿德头上，顿时悟出这次皇帝失踪并非年少轻狂之举，也非突发奇想跟大臣们开玩笑，背后隐藏着一个天大的阴谋！

"你的意思是……有人图谋篡位？"他吃吃地说。

乔白岩慢慢接了一句："帝王无嗣已不是秘密，你以为呢？"

郑懿德更是汗如泉涌，紧张得一个字都说不出来。

说也奇怪，正德皇帝登基后，后宫美女如云，加上"豹房"纳女无数，他又是成天淫乐享受的主儿，可偏偏没留下可以接替皇位的子嗣。别说一班大臣急得跳脚，便是正德皇帝自己都暗自焦急，以致干了件令人瞠目结舌的事——迎娶孕妇入宫！朝野上下顿时震惊，六科十三道的奏折雪片般砸向尚书房，最直接的说法就是"延续子嗣可以广纳良家女子，怎能做平常百姓都耻于做的行为？倘若生下的孩子继承皇位，等于重演当年吕不韦的丑闻，太祖皇帝的血脉将由此中断"。正德皇帝起初装聋作哑不予理会，但后来还是顶不住压力，终于把孕妇送出"豹房"。

正德皇帝的父亲孝宗朱祐樘三十六岁就英年早逝，只留下朱厚照这根独苗，没有嫡兄弟备选。因此近几年来各地藩王蠢蠢欲动，各有各的小算盘，最迫不及待的要数宁王，先是直截了当请求皇帝立自己的儿子为储君，被拒绝后索性举兵造反。

几十个亲王子弟中，呼声最高的要数兴王朱厚熜，此时兴王府的袁宗皋神秘出现在秦淮河畔。

他来干什么？是否与正德皇帝失踪有关？

乔白岩接到线报后静静思索了半盏茶的工夫，然后将纸条燃成灰烬。

自古以来宫闱争斗凶险诡谲，尤其涉及帝位更迭，往往充满血光之灾，严重的祸及满门，株连九族。故而如乔白岩、郑懿德这等官场老手敬而远之，唯恐牵连自身。

夏荷阁外荷花塘里蛙声、蝉鸣声一片，屋内气氛却湿闷得能挤出水来，两人怅然若失呆呆对视，良久郑懿德哑声道：

"已没有别的办法，只能坐等京城指示？"

乔白岩看着窗外，慢腾腾道："上午锦衣卫突然集结人马捣毁白莲教金陵分坛，很奇怪的举动，白莲教向来归地方官府管辖，且掌握有作奸犯科的确凿证据才能抓人，否则容易引起民变。锦衣卫不尽心尽职找皇上，却插手这档子闲事，郑大人怎么看？"

郑懿德在宦海沉浮十多年，立即明白对方的弦外之音，为难地说："我是有位亲戚在锦衣卫做事，可他为人刁钻刻薄，看人白眼珠多黑眼珠少，与我也素无交际，只怕……"

"郑大人，此事其他人皆有推脱之词，唯你我脱不了干系，"乔白岩诚恳地说，"事急矣，郑大人须得放下身段求人，打探第一手资料以争取主动。"

沉吟片刻，郑懿德叹道："也罢，只要能顺利渡过此劫，拉下脸做回小人也无妨。"

"还有件事，也是我约郑大人过来最重要的原因，"乔白岩一字一顿道，"请郑大人下令从今天起所有公文奏折只进不出，已披红的留中不发。"

正德皇帝离京后，按祖制由杨首辅领衔内阁代皇帝处理政务，批阅各地上报的奏折，发出各种指令，但须经皇帝过目，司礼监太监即江彬用印和披红才能生效，这是太祖废除丞相后形成的内阁与太监相互牵制的权力体系。正德皇帝当然只挑重要的看，其他便由江彬处理，披红后移交郑懿德签发。

别小看签发权，这是内阁约束皇权的关键。如果内阁对皇帝或太监的披注不满意，客气一点则退回重披，不给面子的话干脆留中不发，让奏折永远不见天日。

所以皇帝失踪后，郑懿德和江彬成为南京最有权力的两个人。

郑懿德一时没明白对方的意思，迷惑地说："当务之急是稳定政局和人心，让外人不知皇上失踪，如果所有奏折都留中不发，岂不自露马脚？"

"压力在江彬那边。"

郑懿德愣了会儿明白过来，起身来到北面窗户，那儿正对西南角的望荷亭，亭后就是江彬驻守的锦衣卫大本营。他轻轻道："不错，留中不发既能激起朝中百官的质疑，又中断南京与外界的联系，使江彬不敢轻率行事。"

望荷亭后，望荷别院内。

阴气森森的内院书房里回荡着江彬的咆哮："一群废物，混蛋加蠢材！几十个人几十匹马抓不到两个人也罢了，连人家长什么模样都不知道，白养活你们了！还好意思回来见我，依我看你们这帮人跳江算了！"

一名镇抚使忍不住争辩道："那女的弱些，男的身手高得出奇，依属下所见，恐怕整个锦衣卫鲜有与之抗衡……"

"好汉难敌四拳，你懂不懂？"江彬凑上前骂道，唾沫喷了那人一脸，"平时苦练的群攻战术都忘到爪哇国了？真是丢人丢到家，连画影缉凶的机会都没有，没准明天上街碰到人家还彼此打招呼呢……"

他越说越生气，返身狠狠摔掉两只茶杯。

满屋子锦衣卫高级首领个个噤若寒蝉，大气都不敢出，其中只有两名指挥同知——江彬的心腹兼左膀右臂，理解此刻主子窝囊的心情。

两天前在江彬煞费苦心的安排下，以秦淮首艳容白花为幌子，成功诓得正德皇帝偷偷溜出宫，便装混入"金枝玉舫"。到这一步可以说计划实施得相当圆满，每个环节都在预料之中，接下来由锦衣卫装扮的轿夫抬两顶轿子进去，七八个人搀扶着另一间房醉醺醺的客人下楼、进轿——客人是早已安排好的，然后容白花拖着被迷晕的皇帝趁着混乱钻进轿子，借夜色掩护转移到停泊在河面的小船连夜离开南京。

然而轿子、小船等了两三个时辰，装醉的客人真伏在桌上睡着了，始终没有动静。江彬实在按捺不住派人到容白花厢房查看，结果发现她连同皇帝都不见踪影。

皇帝按计划凭空消失，却是为人作嫁衣，更令人恐惧的是压根不知道隐藏在暗处的对手是谁，怎不叫江彬窝囊得吐血？

锦衣卫在侦查追踪方面很有一套，通过对厢房缜密勘查后发现"真空家乡，无生老母"八字真言，推断与白莲教有关，继而展开撒网式追查，摸到金陵分坛所在地后派重兵一举铲平。

但皇帝不在其内，显然白莲教有更隐秘的藏匿之处。

这帮亡命之徒挟持皇帝意欲何为？会不会破坏自己暗中蓄谋的大计？这个变故将使政局产生哪些变数？

想到这里江彬焦得要发疯，这与燠热的天气无关。

四

三更夜，弯月如钩，秦淮河畔依然灯火通明，空气中弥漫着浓浓的酒气和脂粉香。

水婷临时在伙房帮忙，待到师父们都散去后才摸黑回到偏院自己的小屋。刚想解开裙襦歇会儿，黑暗中有人轻轻说：

"别出声，是我。"

她疲倦地叹了口气："为何又找我？分坛被毁，秦香主和教众下落不明，我没什么可帮你的。"

"我猜分坛只是幌子，秦香主大概也不过是名义上的，白莲教真正的实力隐藏得很深，对不对？"

水婷闭嘴不言，似乎不想讨论这个问题。

"坦白说吧，我不想再这样兜圈子，"耿狄声音虽低却字字清晰，"你们挟持了皇帝！"

"哐当"，水婷喝水的杯子掉到地上发出响亮的声音，将屋内两人都吓了一跳。

"胡说八道！"她说。

耿狄迈了两步站到她面前，两人相距不足一尺："其实打皇帝主意的何止你们？他经过山东时我们大道门已布好陷阱，只差一步就成功，可惜这厮最后关头改变线路因此躲过一劫。之后大道门又进行了多次努力，然而怪得很，每次都阴差阳错总是差了一点点，因此我才追了几百里来到南京，就是为了完成本门祖师交付的任务。"

水婷似害怕他身上散发的气息，退了半步道："你想岔了，我们没有挟持……金陵分坛都没了，还谈什么大事？"

耿狄一把扣住她肩头，沉声道："我的时间有限，耐心也有限，须知你们做事并非滴水不漏，否则我不会找上你，锦衣卫也不会无缘无故杀上门……天下白莲教是一家，有事应该好好谈，闹翻脸的话我处处从中作梗，你们也不会有好日子过，何况大道门并不贪心，只想从中分一杯羹而已。"

"你们想达到什么目的？"黑暗中她眼睛亮得出奇。

"彼此彼此。"耿狄含糊其词。

水婷沉默良久，道："事关重大，我不能信你一面之词。"

"倘若我有坏心，何必在汤山脚下救你？"

"也许你认为我是唯一线索，"水婷冷静地说，"可惜你算错了，此事由本教右护法一手策划，秦香主以下都未能窥其全貌，更别说我这种跑腿的小跟班。"

"带我见右护法。"

水婷突然露齿一笑，漆黑中如盛开的白莲："好啊，听说你来自山东大道门，右护法非常高兴，说不定你们还是老乡呢。"

"老乡？"耿狄一呆。

"右护法老家就在济南，三个月前到苏州访亲适逢本教教主，两人一见如故谈得十分投机，后来便任了右护法，"水婷边说边审视着他，"右护法没准熟悉大道门的情况，说不定与你们祖师有交情呢……愿意见右护法吗？"

"有何不敢？快带我去。"

耿狄冷冷说，心中却掀起万丈波澜，差点乱了气息。

之所以托词山东大道门，是因为耿狄确实是土生土长的济南人，那一带盛行大道门教，街坊邻居、亲戚朋友甚至一起学艺的同门都有不少加入该门，耳濡目染之下对其切口、教义、教规、权力格局等等便有些了解，有几次还被强拉过去参加集会，听那些人声嘶力竭的演讲，最后总有一顿丰盛的酒席。

然而济南并不大，自古以来就困在群山之中，往哪个方向都延伸不开，大道门教徒活动频繁也就那些老面孔，倘若右护法经常参与倒是件麻烦事。虽然自己未雨绸缪戴了人皮面具，只要不是特别亲近的人，无须担心被认出真实身份，但……

耿狄从师的重剑派是泰山剑派分支，是济南、德州地区第一大武学门派，在民间享有极高声誉，当地弃文学武的孩子皆以入重剑派为荣，十年间出了一位武状元、三位武进士，入选御前侍卫、东厂、锦衣卫等机构的多达十三人，在江湖列入一流高手行列的更是数不胜数，其掌门楚千里被誉为"鬼师神剑"。

作为楚千里最得意的弟子，重剑派唯一获得武状元的耿狄，荣归故地后在当地引起极大轰动，几天内家里门槛都被踏破了，有上门提亲的，有拜师学艺的，有切磋技艺的，还有高薪聘请的，因此他可以算是有头有脸的人物，广为济南人所熟悉。

一个人的相貌、口音可以刻意改变，但行事风格、言谈举止习惯以及一些细节很难短时间抹除干净，还有剑法中难以掩饰的重剑派痕迹，都将成为致命破绽。

但眼下形势容不得退让，明知蕴含极大的风险还必须硬着头皮上。

两人从后窗跳出，绕到堆放杂物的狭巷里纵身跃到院外，一路小跑来到秦淮河西南角隐蔽的河道边，那儿漂着只小舢板。水婷也不多说，径直上船熟练地操纵起来。

今夜月亮很圆，周围没有一丝云，仿佛巨大的银盘静静挂在天边，发出洁净幽微的光芒。听着耳边哗哗流水声，闻着水婷身上若有若无的香气，耿狄恍然间回到八年前，也是这样的月色，也是这样宁静的夜……

"狄儿，出师后有何打算？"

师徒二人在月下对酌时，楚千里突然问。

"呃……"耿狄踌躇会儿道，"潜心习武，力争在武科乡试中脱颖而出。"

"然后呢？"

还要说吗？乡试之后是会试，最后是皇帝亲自主持的殿试，经过试马步箭和试弓刀石两关后，胜者将获得御批钦定的第一甲赐武进士及第，其中第一名则为武状元，这是天下所有武学子弟梦寐以求的人生最高目标。

看出徒弟眼中的坚毅，楚千里慢慢啜了口酒，苦笑道："武状元，为师倒忘了平时教导你们的话，只是……狄儿想过成家立业吗？"

"啊！"

耿狄大为意外。他出身贫寒，最困苦时穷得揭不开锅，若非楚千里看中他的天赋主动提出减免学费，还自掏腰包为他购买习武所用的衣服、物品等，此生根本没机会踏入习武堂半步。残酷的现实使他无暇考虑婚娶等奢侈的大事，一心想通过武试出人头地。

"弟子以为……立业之后方可成家，否则，谁愿意嫁给弟子这样的穷小子？"

"有，"楚千里稳当当道，师徒俩碰杯一饮而尽，然后说，"师娘很中意你这个穷小子呢。"

耿狄张大嘴呆呆说不出话来，聪明如他者自然听出了师父的意思——有意将小女儿，也是他的小师妹楚晓铭许给自己。

小师妹一直是众师兄弟当中的宠儿，不管到哪儿都会带来笑声，她的活泼，她的天真，她的娇憨，给艰苦枯燥的训练增添一丝亮色。经过几年朝夕相处，耿狄与小师妹也情愫暗生，没事儿凑到一起聊聊天，探讨某个招式的细节，或者她悄悄带点点心儿递给他，然后双手托腮甜甜地笑着看他吃下去。

两人的关系就差一层窗纸没捅破而已，不过对耿狄来说这一步很难迈出，因为小师妹是师父师娘最宠爱的女儿，而且家境相差悬殊，他自忖这辈子只能停留在暗恋的程度。

如今师父居然挑明此事，并持赞许态度，怎不叫他喜出望外？激动之余他离席跪倒在地，发誓取得功名后立即迎娶小师妹。楚千里拈须微笑，这桩婚事就算说定了。

那天夜晚师徒俩喝了不少酒，也谈了很多。楚千里似乎提到如果博取功名失败就推荐他去襄王府，襄王品性高洁，志向深远，投入其麾下必定能施展抱负等等。再后来酒意上涌，耿狄不知不觉伏在石案上睡着了。

之后几个月耿狄闭门修炼，潜心钻研，在武学境界上取得突破，各项技艺也有长足的进步，以乡试第一名身份挺进会试，又以第一名身份取得殿试资格。在正德皇帝主持的殿试上，他一招挽出十三朵剑花赢得满堂彩，箭术比试十发十中，马术表演身法利落多变，正德皇帝带头鼓掌叫好，耿狄毫无悬念获得武状元的殊荣。

金榜题名后发生的一切仿佛是做梦，晕乎乎出席一个接一个宴席，拜访一个又一个恩师、同乡，再荣归故里挂彩游街，回师门给师父行三跪九叩大礼，坐下后还没来得及讨论婚期，就接到皇帝圣旨令他即刻回京。

重回京城，他被告知进"豹房"担任首席武术教头，专门辅导皇帝练剑，正德皇帝也想像他一样连挽十三朵剑花。

好像与理想中的奋斗方向不符，可耿狄还是静下心来从容面对，因为有同乡指点说跟在皇帝后面好处多多，没准哪天皇帝一时兴起将他提携到边关担任要职。

于是像在济南时一样早睡早起，勤练不辍，完全无视"豹房"里发生的那些荒唐事儿。皇帝也是一时见猎心喜，当得知连挽五朵剑花尚需三年苦练后，顿时对剑花的事失去兴趣，仍将耿狄留在身边主要是考虑他武功高强，危急关头能派上用场。纵然如此，离开"豹房"也是迟早的事，或许正德皇帝也在考虑给他安排合适的职位。

耿狄也盘算卸了这边差事后先回济南与小师妹成亲，了却相思之苦。就在这时发生了一件大事，其掀起的狂风巨澜直接将耿狄推向人生最黑暗的低谷……

"到了，下船吧。"

水婷打断他的回忆，两人上岸在林间穿行四五里，前面依稀有灯光。走近看原来是座灰朴平实的农家小院，黑暗中几个人影在附近若隐若现。

"啪啪啪"，水婷有节奏地拍击数掌，隔了会儿对面也传来击掌声。

"可以进去了，"她松了口气，侧过脸叮嘱道，"右护法精明严苛，在他面前别打诳语。"

"多谢姑娘指点。"他微笑道。

水婷俏脸一红，一扭身跑出很远。

往前走了几步，有个汉子迎上来，锐利的眼光在他身上扫了扫，道："里面请。"

踏入前院，从一处宽仅两尺的夹巷里斜插进一座精巧幽静的别院，行至滴水檐前时汉子止步，抬手示意他进去。进了屋，两支明晃晃的牛油蜡烛亮得刺眼，东厢房门口摆着小方桌，外侧有只镂空雕花马凳，不消说是留给他坐的。对面则是稀疏有间的珠帘，珠帘后坐着的人全身隐在阴影里，看不清面目。

"请坐。"珠帘后的人说。

耿狄一拱手："谢谢右护法。"

"咦，庄先生说话不是济南口音？"

右护法诧异道，声音听在耿狄耳里却"轰"的一声，瞬时全身冰凉，两眼发黑，若非有人皮面具遮掩表情绝对要当场露馅。

耿狄做梦也想不到，自己的师父、重剑派掌门楚千里居然以白莲教右护法的身份出现在自己眼前！

五

师父怎么会与白莲教扯上关系，大老远跑到这儿做什么右护法？他是否是策划挟持皇帝的主谋？其真实意图到底是什么？

一连串问题冲击得耿狄头昏脑涨，甚至无暇考虑刚才的问题。

"庄先生，回答本护法的问题！"楚千里威严地说。

耿狄一咬牙缓缓道："在下自幼在天津长大，十四岁才随父母迁至临清，两年后又转至济南，因此只能算半个济南人，儿时的口音却改不过来了。"

"噢，"楚千里将信将疑，"大道门门主是谁？"

"本门祖师为灵山道长。"

"本护法在济南与灵山道长素有来往，为何从未见过你？"

这个问题设有很深的陷阱，若耿狄顺着话题回答下去，必定要具体到时间、地点、证明人，层层盘问追究下去很容易暴露。

"关于这一点，右护法难道不知十祖门并入大道门的事？"

"十祖门？"楚千里愈发诧异，"是不是临清的十祖门，也属于白莲教分支？"

"正是，"耿狄渐渐恢复原状，恭恭敬敬道，"三个月前十祖门门主不幸仙逝，长弟子与教众协商后决定加入大道门，在下原是十祖门六弟子，蒙祖师信任赴南京承办此事。"

从南京到济南往返至少得半个月，就算楚千里派人核实也来不及揭穿他的谎言。

楚千里又"噢"了一声："原来其间有如此复杂的内情，难怪……这么大的事儿灵山道长不多派人手过来，就你一个能行吗？"

"禀报右护法，祖师深谋远虑总共派了七个人，平时各行其是互无联络，等事成之后才以暗号为约集结……"

"若是得手，灵山道长想利用他干吗？"

"这个……"耿狄故意犹豫片刻，"右护法果真全权代表白莲教主？为何吝于露面？"

话音刚落珠帘一阵碎玉落盘的脆响，一个仙风道骨、紫衫飘飘的长者掀帘而出。不错，正是恩师楚千里！

耿狄脑中一阵昏眩，恨不得扑上前问个究竟，然而还是迫使自己冷静下来。

"本护法好像认识你。"楚千里眼中闪过一丝困惑。

"济南很小。"

"不……你的眼神让本护法想起一个人……"

楚千里向前逼近一步，目光锐利如刀，仿佛要穿透人皮面具剖及内心。耿狄心里清楚这道坎必须迈过去，否则难以在白莲教立足，遂挺直腰杆，眼睛眨都不眨与楚千里对视。

屋里难捱的寂静。

过了会儿楚千里陡地轻笑一声："算了，世上哪有那等巧事……实话告诉你，本教教主远在京城办理一桩更重要的事，目前本护法代为执掌教中所有事务！现在轮到你说出真话了。"

"右护法承认狗皇帝已落入白莲教之手？"

楚千里不置可否，双手负在背后似是等耿狄先说。

"谈到这个程度，没什么不能说的，"耿狄道，"三年来官府以各种罪名抓捕大道门教徒五十多人，其中已有六人冤死狱中，灵山道长意欲以狗皇帝的性命为挟勒令释放教徒，同时立白莲教为国教，普化在家清信之士，以念佛得西方净土！"

"噢——"楚千里目光闪动，徐徐说，"天下白莲教是一家，灵山道长与本教教主的想法不谋而合……庄先生即日可回复大道门教友，此事尽在掌握之中，无须多虑。"

"但在下必须亲眼见到狗皇帝一面，取得足以证明的信物。"

"信物没问题，诸若皇帝戴的戒指、穿的衣物或鞋袜、亲手写的纸条，保证庄先生顺利交差，不过见面……恐怕难以实施，事关重大，为安全起见狗皇帝已被转移到相当隐秘的地点，知情者连本护法在内不超过两人，且在与朝廷谈判未取得结果之前，不可能让第三个人知道。"

耿狄道："右护法刚刚说天下白莲教是一家，连这点请求都不肯答应？"

楚千里脸一沉："这是小事吗？挟持皇帝以树国教，这是自三皇五帝以来从未有过的震古烁今的大事，前无古人后无来者！这种事别说走漏风声，哪怕泄露一点点蛛丝马迹就会遭来灭门横祸，不，是惨绝人寰的大屠杀，你懂吗？屠杀！"

耿狄不禁惊退半步。

自打投入师门以来，楚千里向来以温文尔雅的形象出现在弟子们面前，纵使那帮顽劣好动的少年不时惹下事端，他顶多板着脸教训几句，哪像这般声嘶力竭、青筋毕露？

或者几年前小师妹的事对楚千里刺激太大，以至于性格发生某种扭曲，这大概也是他突然加入白莲教的原因吧？

想到这里耿狄道："右护法，在下愿以大道门的声誉担保绝对不会将看到的事说出去，事实上我们也乐见与朝廷谈判成功，立白莲教为万众景仰的国教，否则……大道门此次势在必得，实在不愿与右护法翻脸。"

楚千里何等老辣，立即听懂对方言下之意：如果见不到皇帝，大道门将全力在南京地区搜索，倘若凭自己的力量找到了当然要出手相夺，纵使找不到也会引来朝廷注意，届时将是同归于尽的结局。

楚千里缓和语气道："庄先生只想见狗皇帝一面，然后一切听从本护法指示行事？"

"正是。"

"好，本护法带你去！"楚千里爽快地说，"你且到外堂屋休息会儿，吃点东西，随时准备动身。"

"多谢右护法！"

耿狄大喜之下朝楚千里行了个大礼，然后转身出门。

就在他右脚跨出门槛，左脚刚刚抬起，身体处于失衡状态的刹那，蓦地听到楚千里低喝一声：

"看剑！"

转身看时楚千里宝剑已出鞘，身体腾空两尺，剑身在半空划了半圈后剑尖破茧而出，发出慑人的"咝咝"声，瞬间离咽喉已不足半尺。这正是师父最拿手的绝招：旋风九变。

该招厉害之处在于剑招蕴含的后招，表面看是直袭咽喉，却暗含九个变式，每个变式都笼罩对方要害，且攻击角度刁钻得如羚羊挂角，全无预兆。楚千里出任重剑派掌门以来凭借此招击败过华山剑派、九岳剑法、虹剑门等剑术名派的众多剑客，被誉为"无解之招"。

"无解之招其实有解，"耿狄满师前最后一次训练时楚千里秘授道，"诀窍在于要抱元守一，别被乱星般剑尖的变化扰乱心神，眼睛紧盯对方手腕，手腕朝哪边转就意味着真正攻击哪个部位。这是师门绝技，切勿外传！"

以多年苦练的功力，耿狄一瞥之下已知剑招后面的变化，只须向外侧轻掠，剑鞘右格便可躲开这致命一击。

但耿狄已非昔日青涩、不通世故的少年，伴君如伴虎，在"豹房"那些日子的历练以及后来那桩大事的磨难，使他看透人心险恶世态炎凉，学会哪怕生死攸关的时候都用心思考而非凭感觉行事。

尽管耿狄自以为掩饰得很好，但楚千里始终没停止过对他的怀疑，因此冷不丁以师门绝招试探，目的在于摸清其底细。

"啊！"

耿狄惊慌地叫了半声，右手挥出剑鞘撞开剑尖，与此同时剑芒大作，剑尖又化作十多颗银星锁住他胸腹，耿狄绝望地闭上眼，清晰地感受到剑尖刺破衣服，胸口一片冰凉，不知是杀气还是剑尖的温度。

"你是山西太行剑派的？"楚千里持剑抵在他心口问，只须手心用力轻轻一送便可让耿狄当场丧命。

"在下有位教友来自太行剑派，大家经常在一起切磋武功，至于在下，无门无派，全靠一鳞半爪地到处偷师学艺，难成大器。"

"学过重剑派的招式吗？"

楚千里依然没有消除疑虑，剑尖轻颤不离耿狄心口要穴。

"会一招'火龙暗渡'，是教友俞世甫传授给在下的。"

俞世甫乃重剑派第二十七弟子，出师后在临清、淄博几个地方做药材生意，偶尔帮镖局走镖，完全有可能加入十祖门并传授本门武功给教友。

楚千里脸色稍霁："得罪了，事关重大不得不严加防范，"说罢撤剑后退，"今夜见过狗皇帝，庄先生可以负责外围警戒。"

"喏。"

来到外院，水婷准备了热气腾腾的鸭血汤和小茶馓、回卤干和梅花蒸糕等秦淮小吃，虽是粗瓷大碗，却香气扑鼻。耿狄连续奔波了两天深感疲惫，连汤带水吃得干干净净。

"右护法厉不厉害？"水婷问。

耿狄抹了抹嘴，道："能将这等人才招至麾下，贵教教主才厉害，因此策划出举世震惊的挟持行动。"

"教主远赴京城一个多月了，这件事基本是右护法谋划的，"水婷静静看着跳动的烛光道，"都说教主在京城干一桩更重要的大事，可什么事有比挟持皇帝重要呢？真令人不解。"

"或许教主打入朝廷内部获取关于皇帝出巡的绝密情报,因此挟持行动才如此顺利?"

"嗯,或许吧。"水婷懒洋洋说。

"对了,我一直只听你说右护法,贵教有没有左护法?"

"有,但身份是保密的,"水婷笑了笑,"不过现在已无保密的意义。"

耿狄心一动:"难道左护法是……容白花?"

水婷笑得更甜:"你以为呢?"

又聊了几句,楚千里派人把水婷叫进去。隔了会儿她拿了纸条出来,简洁地说:"跟我走。"

五更天,天色微明,秦淮河面弥漫着浓浓的白雾,水婷熟练地操纵小舢板在白茫茫中前行。河面上很静,只有划桨声和偶尔小鱼儿跃出水的"扑哧"声,晨风轻拂,带着几分清凉和惬意。

驶了七八里,划入一个被芦苇遮掩的汊口,弃船上岸,沿着一条干涸的水渠步行两三里,转到一处外表十分破落的农舍后面。水婷做了个手势,两人悄悄掩至后窗,踮起脚尖,隔着手臂粗的铁栅栏朝里面望去:

阴暗潮湿的囚室里铺了一层干草,角落里蜷缩着一个身穿杏黄色衣衫、头发蓬乱的年轻人,由于脸对着墙壁看不清相貌,脚踝上拴着厚重的镣铐。

"看仔细点,他就是狗皇帝。"水婷悄声说。

耿狄随便扫了一眼，然后拉着水婷退到水渠里。

水婷奇道："怎么，费这么大劲瞟一下就完了?"

耿狄猝然出手，和身将水婷扑倒在地，双手扼住她纤细的脖子，厉声道："这是假的，真皇帝到底藏在哪儿?"

六

正德皇帝失踪的第五天清晨，南京玄武门外传来喧哗声，原来是从安徽、江西两地赶来的四百多锦衣卫要求进城，被城门守卫所阻，双方争执不下吵了起来。锦衣卫仗着兵强马壮、实力超群试图强行突破，城门守卫不甘示弱，发出烟花信号后增援人马源源不断，很快聚集上千军士堵在城门口，寸步不让。

乔白岩闻讯带了十多位精锐骑兵匆匆过去，在旗杆巷头正好撞到江彬率领的大队人马。双方各不相让，把原本就狭窄的巷子塞得水泄不通。

"乔大人军令如山啊，连区区数百名锦衣卫都不准进城，须知他们可是直接保卫皇上安全的。"江彬半阴半阳道。

"本官有难言苦衷，"乔白岩打着哈哈道，"南京警备规格等同于京城，十人以上携带兵器者进城须经兵部会同九城守备共同批准，江公公不会不知道吧?"

"南京兵部尚书和九城守备是乔大人一担挑，这么说是乔大人不肯啰？"

乔白岩强硬地说："当然要视情况而定，事关南京安危大计，本官有最终决定权。"

江彬干笑几声，心里将这个软硬不吃、不识好歹的家伙的祖宗十八代问候了一遍，然后跳下马道："乔大人借一步说话。"

两人信步来到偏僻无人的巷角，令手下封锁附近地区，确保百步之内无人窥探。然后江彬悄声道：

"乔大人，这些兄弟都是接到本官密令从安徽、江西日夜兼程赶过来参与寻找皇上，皇上已经失踪四天了，本官心里堵得慌，不知乔大人有何感受？"

"江公公可知本官投了多少兵力？"

"唔？"

"一万六千人，"乔白岩道，"这么多人找了三天三夜都毫无头绪，再加区区数百人有何用处？相当于一桶水倒入秦淮河罢了。"

"多些人手总是好的，锦衣卫都是以一当十的好手，没准能……"

乔白岩打断他的话，一字一顿道："江公公还不知道？"

"什么？"

"郑尚书已下令从昨天起实施封城令，凡携带兵器和马匹者一概不得出入，直至寻到皇上为止，江公公没接到通知？"

江彬装模作样扶额想了会儿："哦，对对对，好像有这回事儿，不过锦衣卫直接受皇上差遣，不在禁令范围内吧？"

"皇上失踪多日，南京乃至国家大政须由京城内阁决策，包括锦衣卫。"

江彬有些恼怒，板着脸道："乔大人是杨总制的得意门生，与杨阁老等也交情匪浅，但大明帝国是皇上说了算，皇上要灭谁，任凭他多大能耐也活不了，乔大人明白本官的意思？"

乔白岩笑了笑道："明白，但前提是皇上安然无恙，否则……江公公明白本官的意思？"

江彬气得满脸通红。

几年前江彬只是内宫里身份卑微的太监，眼见升迁无望，适逢正德皇帝为避开后宫和内阁监督纵情享乐而修建"豹房"，遂设法调了进去。有一天正德皇帝异想天开只身搏虎，孰料老虎狂性大发，在地动山摇的咆哮声中将皇帝扑倒在地，危急关头江彬连射三箭均中老虎要害，救了皇帝一命。此后江彬便扶摇直上官至掌印太监兼东厂、锦衣卫首领，不过在一班靠真才实学上位的内阁学士眼里，他不过是投皇帝所好的跳梁小丑，成不了气候。江彬也知道大臣们的看法，心中暗自恼怒。

但江彬毕竟长期伺候皇帝，情绪控制已练得炉火纯青，转眼满脸笑意道："大家是一根绳子上的蚂蚱，要同舟共济才对。乔大人，我的兄弟们日夜兼程赶到城外，水都没来得及喝一口，不如卖在下一个面子，放他们进城歇会儿？"

乔白岩点点头："区区几百人真不算什么，可前天拥进来四百三十一名锦衣卫，昨天一百七十二名锦衣卫、一百二十六名东厂厂卫，再这样下去整个南京城都在江公公控制下了。"

"下不为例，下不为例。"江彬只一味地笑，并不解释。

乔白岩略一思索道："江公公既然出面请求，本官若一味秉公执法倒显得迂腐。这样吧，今日进城的锦衣卫全部驻扎到城北军营，一来那边营房宽敞，二来彼此有个照应，江公公以为如何？"

明摆着把锦衣卫置于城北军营控制之下，但人在屋檐下不得不低头，江彬强忍住气道："多谢乔大人网开一面。"

安排好锦衣卫进城事宜，江彬又匆匆密令尚在途中的锦衣卫和东厂厂卫们原路返回——以乔白岩态度之坚决，肯定不会再放一人进城，而且乔白岩对前两天的人马调动了如指掌，说明已对自己产生怀疑并一直在秘密监视，弄不好会坏了大事。

做完这一切，江彬快马回到靖王府，盔甲未卸，一身戎装大刺刺闯进夏荷阁。不出所料，郑懿德正和十多位官员处理京城发来的文书奏章。

"郑尚书公务繁忙啊。"江彬边把玩着马鞭边往上首太师椅上一坐，跷起二郎腿翻着白眼道。

见来者不善，郑懿德以目示意官员们暂时回避，等屋里只剩两人时才正正衣冠道："皇上下落不明，做臣子的本应分摊些事，再辛苦也是应该的。"

"说得倒漂亮，"江彬冷哼一声，"我且问你，前几天内宫转过来的已披红挂印的奏章为何压住不发？"

"事关国计民生，须经皇上过目后定夺。"

"屁话，以前那些奏章皇上根本不看，不也照样发了？"

郑懿德郑重道："皇上看与不看，自有皇上的道理，与臣子是否送达是两码事，切不可因为皇上暂时失踪乱了章法。"

"万一皇上回不来呢？这些奏章岂非一直堆在这儿发霉？"

"江公公如何判定皇上回不来？"

江彬一滞，暗暗骂道老狐狸，差点中了他的圈套，遂放下右腿凑上前道："我们当然希望皇上平安无事，可这等大事须得通盘考虑，既想到好的可能，也要防止出现大家最不愿意发生的结果……"

郑懿德警惕地看着他："江公公的意思是……"

"国不可一日无君。"

屋子里出现短暂的寂静，过了会儿郑懿德道："皇上只是暂时失踪，也许像几年前独自跑到居庸关一样，等玩够了自然会回来，江公公切不可把问题复杂化。"

江彬苦笑："郑大人，当年皇上并非单枪匹马离开京城，背后有我、张永等人暗中策应，否则皇上寸步难行，那还是在京城。如今到了南京人地两疏，连我都蒙在鼓里，谁能帮皇上？因此此次皇上失踪背后绝对隐藏着天大的阴谋！"

郑懿德吃惊地看着对方，第一反应是贼喊捉贼，然后便诧异他为何兜出老底，以他目前的处境应该竭力掩盖才对。

江彬凑得更近，推心置腹道："你我二人随皇上出巡，万一出岔子责任最大，而乔大人……也许乐见这种局面发生。"

"乐见？"郑懿德越听越糊涂。

"乔大人的老师是杨一清杨总制。"

"对啊，这是众所周知的事。"

"可杨总制的老师是谁，你知道吗？"

"这个——"郑懿德搔搔头想了会儿，"好像姓韦，十多年前就归隐了。"

"韦国宸，"江彬悄声道，"你猜他归隐何处？就在这里。"他拿手指指了指地面。

郑懿德一时没听明白，愣愣看着对方。

江彬贴着他耳朵道："靖王府，担任小王子的师父。"

"啊！"郑懿德若有所悟，"靖王……"

靖王的长子今年十六岁，也是正德皇帝二十多个表弟之一，同样具备入选皇储一争天下的资格。由此说来皇帝的失踪更透着蹊跷了。

江彬又道："别看乔大人急成什么样子，心里怎么想的谁知道？因此你我须提防着点儿，别被他利用了还不知道。"

"是啊，是啊……"郑懿德连连点头。

眼见成功离间郑懿德与乔白岩的关系，江彬稍稍松了口气，接下来他要急着去见一个人。

这个人将指示他如何进行下一步行动。

话说乔白岩与江彬分手后，策马直奔江南军营。军营内外刀枪林立，一副如临大敌的态势。乔白岩满意地点点头，径直走进中军大帐。

"属下叩见尚书大人！"帐内正在议事的几名将军赶紧站起身。

乔白岩摆摆手："免礼。团营那边有什么动静？"

团营是正德皇帝从驻京部队和周边地区军营中抽调精锐力量组建而成，大概有两千人左右，是比御林军级别还高的贴身战斗部队，平时由江彬指挥，此次随正德皇帝来到南京，驻扎在城外方山南侧。

"没有调动的迹象，一切如常。"

"唔，"乔白岩暗忖江彬还没到图穷匕见的程度，顿了顿道，"盯紧点，一有风吹草动立即报告，两路大军随时准备出动!"

"喏。"将军们齐声应道。

乔白岩返身盯着帐中沙盘,脑中急剧盘算城内军队调动及盯防方案。这时外面响起一阵急促的马蹄声。

"今天还有谁来军营?"乔白岩皱眉道。

将军们面面相觑,似乎都不知道,正待吩咐人打探,已有卫兵前来报告:

"尚书大人,各位将军,靖王爷前来探访。"

"啊!"

帐内气氛一凝,众人均有不知所措之感。

大明帝国实施分封制,除了皇帝留在京城,其他皇子皇孙各据守一方,一来防止他们干预朝政,威胁帝位,二来在各地监督地方官府施政,彼此形成牵制。分封制自明成祖以后有条铁打的禁令:王府不得拥有自己的军队,也不得插手驻在各地军队的军务。这是明成祖利用私人武装打败自己的侄子占据帝位后得出的教训,凡违反这条规定的,一律斩首。

从明成祖到如今的正德皇帝,因为触犯这条禁令而勒令自尽、举家流放的已有七位王爷。

靖王爷何以敢冒天下之大不韪,在此敏感动荡的节骨眼上跑到江南军营来?

将军们想出帐迎接,乔白岩抬手阻止,沉声说:"等他进来再说。"

过了会儿面如白玉、身体矫健的靖王爷独自一人大步流星进来。他保养得极好，又每日坚持锻炼，虽已近五十岁却有着年轻人的活力。

王爷们年富力强，个个养精蓄锐磨刀霍霍，身为皇帝的正德反而溺于女色，荒唐不堪，才二十来岁身体已单薄得像纸人，这种群狼环伺的局面令人担忧啊。乔白岩暗自叹息。

"见过王爷，"乔白岩仅施了个礼，淡淡说，"军务在身，恕臣子不能远迎。"

靖王爷大笑道："都是一家人，别客套了，若非事态严重，本王也不敢贸然踏入军营，让乔尚书和各位将军难办。"

一语中的，倒让乔白岩等人有些尴尬，遂岔开来问道："王爷所指何事？"暗忖皇帝已失踪四天四夜，向来消息灵通的靖王爷不可能嗅不到风声。

"袁宗皋来南京了。"

"喔，他来干吗？"乔白岩故作诧异，"是否想拜见皇上？"

靖王爷朝帐中扫了一眼，将军们知趣地一一告辞退出去，然后才搭着他的肩道："白岩老弟，你我在南京相交多年，本应没有不能说的话，对不对？"

乔白岩脸一红，心里有些愧疚。平心而论，这些年靖王爷对自己算是关爱有加，非但从未在密奏里说过坏话，相反多次为他鸣不平，认为以他的才干和智谋应该进京担任重要职务，甚至有进内阁的能力。正因为靖王爷保荐，内阁才利用这次平叛宁王的机会加授他为太子太保。

"下官……有难言的苦衷，请王爷海涵。"

靖王爷笑着摇摇头："不就是皇上失踪之事吗？现在整个南京城都传得沸沸扬扬，街头巷尾无不在谈论，还算什么秘密？"

"王爷还有什么消息？"

靖王爷收敛笑容，缓缓道："他的死活与本王何干？无论京城那边天翻地覆，皇位更迭，本王只乐得做逍遥王爷，与世无争。然而从目前形势看，就算本王想回避都来不及，人家不是打上门来了？"说到这里他脸上已有怒色，"谁给袁宗皋撑腰，敢趾高气扬到我的地盘干龌龊事？兴王府欲争位皇储，靖王府就绝后吗？本王怎咽得下这口气？"

"呃……王爷息怒，王爷息怒。"

这是王爷之间的皇权争斗，乔白岩岂敢搅入其中，支支吾吾不作表态。

靖王爷发了通脾气，突然又诡秘一笑："本王知白岩老弟不愿蹚这潭浑水，可事关南京安危，恐怕不能再袖手旁观。"

乔白岩皱眉道："靖王爷何出此言？"

"有线报袁宗皋船上携有大批武器和火药，"靖王爷悠悠道，"它非官船，进入南京又未呈报，且暗藏危及安全之物，白岩老弟查还是不查？"

乔白岩瞠目结舌，看着靖王爷一个字都说不出来。

七

水婷奋力挣扎，但被耿狄铁钳般的手扼住咽喉，哪里能动弹半分？惶急之下迸出眼泪，眼里流露出痛苦和哀求的神色。耿狄这才松了些许力道，她大口大口地喘气，并发出剧烈的咳嗽。

"狗皇帝被关在哪儿？"

"我真不知道，"她以目示意，"我腰间囊中有右护法写的纸条，打开一看便知。"

耿狄二话不说伸入她怀里。时值盛夏她衣着极薄，腰囊只隔着一层纱，耿狄等于在她胴体上抚摸。水婷还是未经人事的姑娘，哪里有这种体验，当下羞得差点晕过去。耿狄却没放在心上，仿佛当她是块木头似的，将纸条拿出来，上面写着：

第十一囚禁处。

他略一沉吟问："白莲教共有多少囚禁处？"

"十多个吧。"

水婷看出他是那种翻脸无情，丝毫无怜香惜玉之意的人，不敢隐瞒，有问必答。

"你都认识？"

"一……一部分。"

耿狄眼一瞪喝道："到底多少？"说着手中加了几分劲。

她慌忙道："七八处，还有些归其他人负责，我从未去过。"

"带我到你掌握的囚禁处看一遍，若看不到狗皇帝再找其他负责的教众，"耿狄厉声警告道，"别逼我发火，否则你第一个立毙于我剑下。"

她忙不迭点头，待他放开后蹲到附近水塘边梳理长发，掬几捧水洒在脸上，晶莹的水珠沾在光滑无瑕的俏脸上，别有一番动人的姿态。耿狄只瞟了一眼便坐到旁边仰望天空。

"庄先生还没成亲吧？"

"嗯，怎么看出来的？"

因为你没有成年男人见到女孩子时那种色迷迷的目光，还有搜身时居然没有揩油，一看便知是不开窍的鲁男子。可这话怎好意思说出口？她脸一红低声道："乱猜而已……"

简单对答使刚才剑拔弩张的气氛稍稍和缓了些，见她雪白的颈脖上两道清晰的瘀青印，耿狄也觉得下手重了点，便问道：

"姑娘可曾许配人家？为何在'金枝玉舫'营生？"

他其实想问她为何小小年纪委身于青楼这等染缸，坏了自家名声，将来也不好嫁人。

水婷眼圈一红，低下头沉默了会儿，道："我有什么办法？九岁那年我父亲病亡，母亲改嫁，是教主收养了我，然后十二岁被送进'金枝玉舫'，加上容白花已伺候了三任主子……"

耿狄目光一闪："你的任务是协助她们刺探情报，完成贵教的秘密大计？恐怕还稍带监视？"

她不置可否，看着晨星寥寥的天空道："本来教主答应今年替我在苏州艺评舫谋个差事，干两年找个殷富人家嫁了从此与白莲教无干，不想节骨眼上他突然去了京城，又摊上这等掉脑袋的活儿，老实说，刚才被你掐住咽喉时还闪过念头——就这样死掉倒也罢了，免得无穷无尽的烦恼……"

"请恕在下鲁莽，"耿狄赶紧抱歉道，"在下也是情非得已。"

她好奇地问道："庄先生年纪轻轻却有这么好的身手，为何没成亲？那一定有心仪的女子了？"

这个问题犹如一根尖锐的刺触及他心底最柔软的地方，彻骨地疼痛，他的情绪顿时差到冰点，脸上如同结了层霜，半晌没吱声。水婷在青楼学得察言观色，暗知碰到人家禁忌，不敢再说下去。

待到天边泛起丝丝克色叶，两人重回小舢板，到其他几处囚禁地。河面上的雾还未散去，两岸白茫茫一片，就像那年"豹房"外的银叶河，也是浓得化不开的雾，还有晨曦映在水面上浅浅的粼光……

那天清晨耿狄和"豹房"十多个武师按江彬命令到银叶河接人，一行人赶到河边时沿途数里已被锦衣卫封锁。等了一炷香工夫，两艘大船在浓雾中冉冉出现，停泊到岸边后，锦衣卫吆喝着驱赶船舱里哭哭啼啼的少女们下船。

这些少女大都不到二十岁，连日奔波加之凄苦哀愁，虽略显憔悴，却掩不住动人的风情。

唉，又是一批沦落虎口的牺牲品。耿狄暗自叹息。正德皇帝是出了名的好色之君，即位后没过几年便厌倦了三宫六院几十位粉黛，成天策划增选妃子，又趁天黑溜到八大胡同的青楼里寻找刺激。时间一长大臣们风闻此事，开始还委婉隐晦地劝说，后来大概觉得跟这个少年天子不能客气，措辞逐渐严厉且上升到亡国高度，指责他"腐化堕落，贪于声色之乐，长此以往将致朝纲混乱、百姓遭殃，而国将不国矣"。正德皇帝胡闹归胡闹，心底明白大臣们劝诚是为大明帝国好，暂时消停了些日子。正待大家以为太平无事之际，内宫突然传出要在西苑修建"豹房"的消息。

"豹房"并非正德皇帝创建，早在元朝就是贵族豢养虎豹等猛兽以供玩乐的地方，位于皇城西苑太液池西南岸，临近西华门。正德年间共添造房屋二百余间，有迷宫、校场、佛寺等等，耗银几十万两。正德皇帝将"豹房"作为居住和处理朝政之地，一方面能避开皇后和大臣们的聒噪，肆意妄为，另一方面省却在紫禁城繁规琐矩，乐得自在。

"豹房"每年都在民间征集大批美貌少女，且不受内宫宫女编制限制。这些豆蔻年华、水灵娇嫩的女孩有的被皇帝"宠幸"几次便忘到九霄云外，迅速为新面孔取代，有的直接打发到厨房、洗衣间做苦力，总之再出色都换不到任何名分，过几年看厌了就胡乱塞些银两赶出"豹房"。

可怜这些女孩被"豹房"过早地透支了青春，扫地出门后形同残花败柳，哪个正经人家愿意娶进门？往往孑然一人孤独终老，落得悲惨的结局。因此每年征集秀女的时候民间都兴起"出嫁热"，家境贫寒、相貌平庸、地位卑微都可以忽略，只需有个和和美美的家庭，终究胜过到"豹房"过暗无天日的生活。

也正是这个原因，征集秀女渐渐成为强制性行动，从京城派往各地的锦衣卫成天在街头巷尾转悠，看到中意的便强行上门掳掠，凑足人数后急赴京城。出于安全考虑，每次江彬都派耿狄等高手到银叶河接船，防止变故。

甲板上每下来一批女孩，就有人在岸边点名确认：

"天津卫五人。"

"大同府三人。"

"扬州府两人。"

"济南府二人　　　"

听到"济南"，耿狄下意识走过去，隔了十多步便看到熟悉的裙衩和背影，当下如遭雷殛，浑然忘了身处何地，绕到正面再看：

千真万确，正是朝思暮想的小师妹楚晓铭！

一年多未见，她消瘦了许多，两眼哭得又红又肿，脸上毫无血色，单薄的身体似乎抵不过清晨的寒风，走路都有点摇晃。

这些日子想必吃足苦头了吧？以师父和师兄弟们对她的娇惯怎能忍到今天？她不是练得一身好武功吗，为何轻易落入锦衣卫之手？

巨大的震撼和一连串疑问使他迈不开脚步，眼睁睁看着小师妹和其他女孩被赶入河堤上的马车，在几十骑锦衣卫和众多高手护卫下直奔"豹房"。

等了三天好不容易觑到机会与楚晓铭单独见面，她抱着他哇哇大哭，哭得耿狄心酸不已，安抚了半天才平息下来，连泣带诉说了事情原委。

选秀那些日子济南府凡家里有女儿的均闭门不出，期望避过风头。眼见选秀日期已经过了，楚晓铭迫不及待到女伴家玩耍，走到千佛山南侧突然遭遇一伙锦衣卫——原来这帮人没完成选秀任务，悄悄延长了时间。她自然不肯轻易就范，拉开架势与他们周旋。但她终究势单力薄，实战经验也不足，哪是这些身经百战的锦衣卫的对手？十多个回合后就被拿下，为防止她恢复元气后暴起再战，锦衣卫头目捏碎她的琵琶骨，使她武功全失。

事后锦衣卫才得知她是重剑派掌门的掌上明珠，然而大错已酿成只得硬着头皮错下去，当夜就将她以及其他抢来的秀女转移出济南城，两天后辗转出山东。

"师兄，我怎么办呢？我不想当皇帝的妃子，我要嫁给你，我要回济南，这儿我一天都待不下去。"楚晓铭泪如雨下。

"相信我，我一定……"

耿狄搂着她心乱如麻，脑中闪个无数个计划又一一否决。"豹房"防卫森严，规格堪比紫禁城，外侧驻守着御林军、团营等精锐人马，内有锦衣卫、东厂贴身守卫，还有像耿狄这种级别的高手二十多位，代表江湖各大门派顶尖水平，此外"豹房"外墙根一溜设有藏獒房、虎房、豹房、鹁鸽房、鹿场、鹰房等，都是夜里生龙活虎的主儿，一旦有生人靠近便狂吠不止，是一道极难逾越的防线。

况且被抓进来的女孩哪个心甘情愿？在里面度日如年的她们哪个不想早日离开？为防她们出逃，江彬设置了极为严密的防线。一是签到制，"豹房"内所有宫女、杂役、太监每两个时辰必须向管事者报到，逾时不报要迅速追查，否则逐级追究责任；二是巡查制，锦衣卫、东厂、御林军等各司其职，轮流派人在各个地段巡查，平均每半个时辰就辐射整个"豹房"；三是哨守制，区域内遍布暗哨，日夜有人把守，发现异常便吹响口哨，瞬间能调动大批高手赶到现场。

即使耿狄这等高手孤军作战也未必能闯出"豹房"，何况还带着武功尽失的楚晓铭。

"耐心等等，我会想到办法的。"

耿狄安慰道，心里却一点头绪都没有。

过了两天，"豹房"发生了一起逃跑未遂事件。两名新征入内的开封府秀女在同乡武师协助下，选择在大雨滂沱的三更天出逃。沿途守卫和七名巡查兵士均被武师以重手法击毙，而大雨又极好地掩护他们的行动，不利于追踪监视。在突破六道防线，离大门只剩下一箭之地时，数百名锦衣卫和东厂厂卫从四面八方包抄过来，将三人团团围住。

"放箭！"

江彬下令道，这时另一个声音打断道："等等，由朕来处理。"

原来正德皇帝闻讯亲自赶到现场。这个年纪轻轻，素以胡闹、荒唐而著称的皇帝看着在雨中瑟瑟发抖的三人，嘴角浮现残酷的笑容，然后发出一道命令：

"放虎！"

接下来的场面是在场所有人永远的噩梦：

饿了数天的几只猛虎闪电般扑向三人，仅武师做了抵抗但无济于事，三个人很快被扑倒在地，老虎张开血盆大口撕咬、咀嚼、挖舔，鲜血和着雨水白的、黄的、黑的淌了一地，空气中充斥着浓浓的血腥味儿。

有的人弯腰呕吐，有的人悄悄闭上眼睛，还有人全身颤抖几近崩溃，唯有正德皇帝饶有兴趣地看着，眼中尽是刺激和兴奋之色。

耿狄也在围观行列，当他轻轻退到后排时已认识到一个残酷的事实：永远别想从"豹房"硬闯出去。

两天后的夜晚，满腹心事的耿狄躺在床上辗转反侧，脑中仍在盘算如何帮助小师妹出逃。蓦地门轻轻一响，一个轻盈的身影钻进来。

"谁?"他低喝道。

"我，"原来是楚晓铭，由于害怕的缘故声音带着颤抖，"我买通看守宫女溜出来的。"

"快到里屋……"

他急忙冲过去关好门窗，转身时目光所及，一下子呆住了。

楚晓铭素净如玉的俏脸上未施粉脂，在透出窗棂的月光映衬下更显得清爽晶莹，熟悉的体香缥缥缈缈从鼻端直入他心底。她含情脉脉地看着他，抬手解开披的外套，再解开蓝衣紫裙，一件接一件，转眼间一丝不挂，现出光溜溜柔嫩细腻的胴体……

"小师妹……"

同门学艺，师兄妹之间尽管打打闹闹，但不敢逾越应有的界限，后来蒙师父恩准亲口承诺将小师妹许配给他，私底下接触过好多次，也发乎情止乎礼，从未有过过于亲密的举动，如今……

见他傻痴痴的样子，楚晓铭一步步走到他面前，两人相距不足半尺，他可感受到她身体发出的热量。

"快……快穿好衣服……"他手足无措道，眼睛不知往哪儿看才好。

她突然流下泪来，哽咽道："我身处淫窟，随时有受辱的可能，本已贴身藏了把剪刀，打算与狗皇帝同归于尽，后来又想与其如此不如把清白身子先给师兄，一来慰多年思念之情，二来即便横死也无憾于九泉……"

他想擦去她脸上的泪水，然而越擦越多，不知何时两人紧紧拥在一起，她如同一汪清泉软软地环绕在他心头。

"其实我……多想新婚之夜实现这些年的夙愿……"他喃喃道。

"今夜我就是你的新娘。"

"小师妹……"

"师兄不喜欢小师妹吗？"

"喜欢……"

"……"

八

上午水婷领耿狄跑了七处囚禁地，五处空着，两处关押着与官府无关的人，身材臃肿肥胖，应该是富有的主儿，见了他们都大叫"我想通了，愿意给钱，快放我回家"，水婷面露尴尬之色。

"白莲教还干绑架富商，杀富济贫的勾当?"耿狄问。

"也不是啦，"水婷摇摇头很烦恼的样子，走了一段路后忍不住说，"以前教主不允许这样做，经常教导我们说靠教友捐赠已经足够，无须做那些有损本教的行径，可自打右护法执掌日常事务后就……唉，右护法的解释是成就大事不必在乎小节，而且挟持皇帝需要大量的人力财力，所以……"

她声音越说越低，似乎也觉得理亏。

"看起来教主很欣赏右护法，虽然两人行事风格不同?"

"嗯，具体我们也不太明白。"

正午时分又跑了一处囚禁地，还是没有收获，水婷不禁有些泄气，耿狄却愈挫愈勇的样子，催促她继续前进。

"这样下去希望甚微，"水婷道，"我与右护法接触很少，并非他的心腹，关押皇帝这种大事不可能让我知晓，更不会放到众所周知的囚禁地点。我觉得当务之急是找与右护法关系密切的教友，顺藤摸瓜一路找下去。"

"右护法最信任谁?"

"姬益秋，金陵分坛副香主，祖籍山东德州，可能因为这一层关系吧，深受右护法宠爱。教主远赴京城后，教中重大事务右护法都交给他办理，连秦香主都有点妒忌呢。"

"金陵分坛副香主……"耿狄沉吟道，"他对南京这一带地形很熟悉?"

"远胜于秦香主。"

"你所不知道的其他囚禁地，有可能都在他掌控之下？"

"应该如此。"

"在哪儿可以找到他？"

"他在夫子庙有个卖桂花鸭的摊位，我带你去。"

"呃，"耿狄突然目光一凝，"你我各为其主，而且刚刚差点死于我手，为何主动相助？"

水婷叹了口气："庄先生疑心病很重。"

"江湖险恶，须得步步小心。"

"我很讨厌姬益秋，"她顿了顿，"他一大把年纪了却总想占我的便宜，好几次承蒙容白花照顾才幸免于难，还有，我很喜欢庄先生刚正不阿的性格啊，这些算不算理由？"

她说完天真无邪地看着耿狄，倒将他闹了个大红脸别开脸去，过了良久说："且信你一回。走吧，去找姬益秋。"

水婷偷偷笑了。她猜得不错，在男女之情方面，耿狄确实是未开窍的大男孩。

傍晚，华灯初上，夫子庙人头攒动，到处都挤满了前来参观休闲的游客，豆腐花、油炸臭干、鸭血粉丝、盐水鸭等南京特产的摊位均围得水泄不通，老板们忙得满头大汗却笑得合不拢嘴。

招牌为"金陵姬记"的桂花鸭摊位香气四溢，脖子伸得老长的食客们不停地喊："来两份！"

"买个全套！"

"再来四份！"

下午准备的三十只桂花鸭眼看就要告罄，姬益秋跟旁边挥汗如雨的儿子嘀咕了一声，独自到巷子深处自家的宅院厨房取加工好的鸭子。

推开院门叫了两声，老婆和媳妇都没应声，看来都在厨房忙乎。姬益秋满意地笑了笑，先到水井旁擦了把脸，喝了两口冰凉的井水，然后快步走进厨房，首先看到五花大绑半躺在灶台边的老婆媳妇。

几乎是下意识，姬益秋向左侧迈出一步的同时从腰间抽出短刀，"咣"，正好格开门背后破空而来的剑光。紧接着剑影轻飞，幻化出千万点星星从四面八方席卷而至。姬益秋沉住气，下盘稳若泰山，短刀连划十多个圈，只听见"铮铮铮"几十声脆响，将第二轮攻势悉数化解。

"好功夫！"

耿狄忙中赞了一声，剑光转为厚重朴实，如同泥潭里黏稠的泥浆，满是生滞和凝重——正是重剑派别具蹊跷的打法，一反武林中轻灵小巧的剑路，使对手难于适应。姬益秋意识到遇到劲敌，但他毕竟混迹江湖几十年，什么大风大浪没见过？当下守定周围运气准备打持久战。

耿狄似乎急于结束战斗，招式之间蕴足内力，攻防转换势大力沉，角度、变招凶险诡异，有时甚至是同归于尽的打法，让见多识广的姬益秋不禁暗暗心惊，脚底下悄悄往灶台方向移了两步，不料却踩到类似绳索的东西。

"不好！"姬益秋脱口而出，意识到中了对方圈套。

然而为时已晚，瞬时脚踝处一紧，随即身体"呼"地腾空而起，脚朝天头朝地吊在厨房屋梁上。

"来人啦——"

姬益秋方嚷出三个字嘴里立刻被塞了团湿棉花，耿狄缓缓走到下面揪起他的衣领低声问："狗皇帝关在哪里？"

姬益秋眼露惊恐之色，一个劲地摇头。

"唰"，剑光一闪，姬益秋左手无名指半截指头落地，十指连心，他疼得脸色惨白，额头直冒冷汗。灶台边老婆媳妇也急得眼泪哗哗直流，以目示意他别再硬撑。

"再问一遍，人在哪里？"

姬益秋依然倔强地摇头。"唰"，剑光再闪，这回左手食指和中指两个半截指头落地。耿狄将剑刃横在他左手手腕上，沉声道：

"这次是整个左手，下次就是脑袋，你掂量清楚……问第三次，人在哪里？"

有三只血淋淋的指头作教训，姬益秋不敢乱摇头，目光紧紧盯着灶台上堆放的鸭子，心里蓦地产生个古怪的想法：若不加入这劳什子白莲教，每天一心一意卖桂花鸭倒也不错，今晚……可惜这些鸭子了。

耿狄抽掉他嘴中棉花，催促道："快说！"

姬益秋惨然一笑，依次扫过抖成筛糠的老婆媳妇，道："我若告诉你，能放开她们吗？"

他自知泄露秘密后即便不被灭口，右护法那边也断断不会饶他，因此已抱从容赴死之心。

"只须说出关押地点，我不会伤你半根毫毛，更不会累及无辜。"耿狄道。

"唉——"

姬益秋长叹一声，心中充满了懊恼和对家人、对桂花鸭生意的依恋，寻思良久慢腾腾道，"皇帝非同凡人，右护法的意思是不能关押，而让容白花逛着在山美水清的地方玩耍，能拖一天是一天，因此……我只提供最初的逃亡线路，具体怎么做由容白花依据实际情况自主行事。"

"什么线路？"

"那天晚上容白花和皇帝乔装打扮后，从后院准备好的梯子翻出去，河面接应的船将两人一直送到青龙山脚下，第二天越过子陵岭进入翠叶谷，那儿离长江不过七八里，倘若风声不对就泛舟西行进入安徽境内，那儿也有白莲教教友接应。"

耿狄问道："就是说翠叶谷是狗皇帝最后落脚的地点？"

"未必，内宫传来的消息说皇帝喜新厌旧，很难在某个地方停留太长时间……"

"这些日子怎么联系她？"

"我真不知道，全是右护法独自掌控，据说……每天晚上早上容白花飞鸽传书，只须报平安即可……就这些，我所知的都说了。"

说罢，姬益秋用祈求的目光看着对方。耿狄沉吟片刻，取出一粒暗红色药丸塞入他嘴里，丸药入口即化转瞬流入喉间。

"这是什么东西？"姬益秋大惊，"你给我吃的毒药?!"

"毒药，但非即时发作，若你提供的线路为真，我自会派人送解药，否则就等着自生自灭。"

姬益秋颓然一笑："也罢……"

说话间耿狄闪电般点中他全身七处大穴，随后一剑砍断绳索，"扑通"姬益秋重重落地，躺在地上一动不动。

"六个时辰后穴道自解。"

扔下这句话后耿狄飘然离去，飞越几道屋脊，水婷突从阴影处翻身而上，轻笑道："庄先生好利落的手段。"

"事急从权，在下不得已而为之。"

"其实……我本以为你会灭口，防止姬益秋冲开穴道后书信禀报右护法，利用飞鸽传书通知容白花撤离。"

耿狄叹道："我何尝没想过，只是……实在不愿杀人……大家本是同道中人，为了共同的信念而努力，何必闹得血雨腥风？"

听了这话水婷脸上浮起古怪的笑容，富有深意道："其实一路看来，庄先生的目的恐怕不简单呢。"

耿狄心一动，暗道好伶俐的小丫头，居然看出我的破绽？连忙问道："什么不简单？"

水婷又一笑，轻飘飘道："没什么……我们何时动身？"

"现在！"

"可从早到晚还没正正经经吃过一顿饭呢，我饿了。"

耿狄搔搔头："那，那随便找家饭馆……"

水婷轻巧地提起手中纸袋，里面竟有两只喷香的桂花鸭。

"喔，刚才趁我审讯时你顺手牵羊？"他恍然大悟。

"今晚姬老板是亏本亏到家啦。"

水婷蓦地放声大笑，清脆的笑声久久在夜空回荡。

小舢板沿秦淮河一路向南，不多时发现远处河面拦起了卡哨，两人赶紧弃船上岸，跑到附近一看，原来是南京府捕快在河两岸拉起数道铁索，对往来船只进行严格检查。

应该是冲袁宗皋而来，拉铁索是断其后路，防止大船强行出逃。耿狄立即想通了其中关节。

两人设法买了匹马，在水婷的指点下绕过沿途关卡，再从胜太河下水，一路泛舟来到青龙山畔。

翠叶谷是青龙山脉最靓丽的明珠，四季皆有美景着眼，春天垂柳扬花，夏天绚烂百合，秋天红叶满谷，冬天玉树琼花，按说是文人墨客吟诗作赋、踏青逸情的好去处。然则此谷又位于青龙山最偏僻险峻、最荒无人烟的深处，据说历朝官府经常把暴死于路边的尸体运到那儿，时间久了阴气过重，因而常有鬼魂出没，即便山脚下胆大的樵夫猎户都对它敬而远之。

准备登山时，天公不作美下起了雨。透过细密绵长的雨幕，翠叶谷如同深绿色翡翠在雾霾茫茫的青龙山脉深处若隐若现，闪烁着神秘的光泽。

九

将秦淮河面的水军配置部署完毕，乔白岩会同九门提督、水军统领等封锁两岸，驱散岸边闲散人群，几百名士兵一字排开，均弯弓张箭，对准停泊在几十步之外的大船。

河港监事喝令船上的人下来接受检查，看有无表文勘合和出海票号文引。谁知船上寂然无声，仿佛没有听见似的。

这正中乔白岩下怀，他高声喝道："攻船！船上人等一律格杀勿论！"

"是！"

官兵们轰然应道。眼看一场杀戮即将展开，就在这节骨眼上，船舱里钻出个中年文士。外面酷暑燠热，他却青衫长袖穿得一丝不苟，再配以清癯瘦削的面孔和三绺长髯，极像标准的教书先生。事实上这些年来他在兴王府一直扮演着老师加尊长的角色，一步步将朱厚熜扶上兴王的位置。

此人正是遭靖王爷告发的兴王府长史袁宗皋。

他以沉稳有力的声音道："兴王府袁宗皋见过乔大人。"

乔白岩故作惊讶状，手抚额头快步上前道："原来是袁长史，幸会幸会，"来到岸边两人相距不足十步时，放低声音埋怨道，"袁长史难得来南京一趟，为何不早通知，让我做个便宜东道？"

"一言难尽，"袁宗皋命下人放下踏板，"乔大人请上船说话。"

进了船舱分主宾位置坐下，袁宗皋亲自沏好茶含笑端上来，道："乔大人请用茶。这是摘自武夷山顶的白茶，根根银针，绿妆素裹，据说在京城论芽头卖，内廷都未必喝得上。"

乔白岩礼节性浅啜一口，随即放下茶盅道："袁长史可知我为何兴师重众包围贵船？"

"应当是有人捏造事实恶意诽谤，意欲陷害在下乃至兴王府？"

"虽不中亦不远矣，"乔白岩叹道，"此人来头很大且言之凿凿，我……'搜船'二字实在说不出口，然而为对上上下下皆有交代，恐怕得委屈袁长史……"

袁宗皋神色如常，两眼神光湛湛，道："正德十二年十月二十一日，皇上御驾亲征应州城，与鞑靼小王子率领的入侵骑兵展开决战，双方投入兵力超过十万人，从早上厮杀到天黑。此后直至现在，蒙古人从未越过边境半步。"

"哦，袁长史说的是应州之胜。"乔白岩附和了一句，心里想不通对方为何突然提到那次战役，话题未免扯得太远了。

"有意思的是史官笔下的应州之役并不是胜利，据说蒙古军阵亡十六人，我军阵亡五十二人，重伤五百六十三人，而且皇上'乘舆几陷'，差点被敌军活捉，"说到这里袁宗皋笑了笑，"应州之役双方遭遇战十几起，大规模交锋两次，我军还动用红衣大炮等重型武器，几天下来蒙古骑兵仅死十六人。嘿嘿嘿，把十多万人放在一起赤手空拳打群架，或者带这么多军队长途跋涉跑几天非战斗减员都不止这个数，说出来谁信？可京城阁老们信，一班文臣史官信，乔大人信不信？"

乔白岩语塞，过了会儿道："军政大事自有杨阁老等名臣重僚操劳，其中曲折非你我等外官所了解，还是不介入为好。"

袁宗皋恍然未闻，续道："皇上胸襟开阔，并未过问此事，事后封自己为镇国公且奖赏若干也就算了。再说今年初，以翰林舒芬劝谏皇上取消南巡、早日立储为导火索，拉开京官对抗皇上的闹剧，最高峰二品以上大员一百多人在太和殿外罚跪，十三名大臣毙于廷杖之下。由此可见皇上与内阁大臣积怨之深……"

"袁长史到底想说什么？"乔白岩越听越不安，打断对方的话道。

"水能载舟，亦能覆舟。"

乔白岩大惊失色，长身而起怒道："此等逆天之言，恕本官不能充耳不闻！纵使你贵为王府长史，本官职责所在，只有得罪了！"

袁宗皋丝毫不见惊慌，双手负在背后平静地说："乔大人乃杨总制得意门生，与先王也有渊源，因为这层关系在下才无所顾忌。"

十六年前杨一清的姨侄女嫁入兴王府，后来荣升为正三品婕妤，彼此算是亲家。

久在官场上混，岂会摸不清错综复杂的门道，乔白岩方才也是故作姿态逼对方摊牌。故而提到杨一清，乔白岩态度顿时缓和下来，重新落座啜了口茶。

"恶意陷害于我，唆使乔大人搜船的大概是靖王爷吧？"袁宗皋一副智珠在握的模样，"无非诽谤船上藏有火药、兵器之类，实质怀疑已失踪四天的皇上被在下所挟持，对不对？"

以袁宗皋的神通自然对内宫情况了如指掌，因此一口说出皇帝失踪之事并没有引起乔白岩惊讶。

"袁长史于皇上失踪次日陡然现身秦淮河，是巧合还是暗含某种瓜葛？"乔白岩反问道。

袁宗皋仿佛料到他会这样问，微微一笑，从袖中取出只晶莹剔透、只有茶盖大小的玉匣，推开匣盖，里面有卷成束轴的黄帛，摊开来一看上面写着四个字：

速来南京！

字体洒脱飞扬，笔画间有云舞雾腾之感，右下方端端正正盖着镇国玉玺。

"这……这……这是皇上的手迹！"

乔白岩不胜惊骇，愈发觉得这几日发生的事诡谲莫测，自己有如在漫天大雾中迷失方向，不知该信任谁，而谁才是真正的敌人。

小心翼翼收好黄帛，盖好玉匣，袁宗皋道："乔大人可曾明白？"

"如堕雾中，"乔白岩苦笑道，"皇上在南京是为了等王守仁押解造反的宁王，一周前江彬还嘀咕要搞什么受降仪式，我说对朝廷而言藩王造反并非光彩的事，皇族内争不宜大肆宣扬，把他的建议压下了。不过皇上总会设法从平叛一事上捞点军功……难道还有别的目的？"

"其实在下也稀里糊涂，"袁宗皋出人意料地回答，然后解释道，"十天前兴王府接到快马急递，上面注明由小王爷亲启，打开一看居然叫他去南京，当下十分忐忑。须知大明帝国的规矩是藩王不得随意入京，除非皇上亲诏且经内阁同意，而且有相当烦琐的程序。南京虽属陪都但规格建制与京城并无区别，万一落入别有用心者眼里便成为攻讦的借口，"他叹了口气，"可皇上密召，又在朝野一致关注立储的关键时候，不去的话很有可能错失良机——这可是千古难逢的机会，思来想去小王爷委实难以决断，最终商定以感染急症为由，让在下代为出行。哪知道紧跑慢赶，刚到南京就听说了皇上失踪的消息……"

乔白岩听得入神，随口问："袁长史可知还有哪位藩王接到密诏？"

袁宗皋摇摇头："既是密诏怎会闹得路人皆知？不过这几天来在下静心沉思，倒琢磨出几分端倪，或许乔大人也会有同感。"

"请袁长史指点。"

"不敢当，"袁宗皋关上船舱门，正色道，"乔大人统辖军务多年，请推心置腹评价一句，天下藩王中谁的实力最强？"

"当然是宁王，可惜他偏偏碰上了王守仁。"

"谁次之？"

乔白岩沉吟片刻："以王府拥有的私家卫队来看……"

"在下当然指影响力以及能调集的军队，乔大人不妨坦诚相告，反正这些早已不是秘密。"

"有句民谣嘛，宁靖襄，君王睡不香，应该是这三个王爷最有实力。"

"是啊，宁王造反已被镇压，皇上亲自赶到南京明为受隆，暗里敲山震虎提醒靖王安分守己，襄王那边怎么办呢？"

乔白岩豁然开朗："兴王府离襄王府最近，皇上想借兴王的势力牵制他？"

"八成如此，"说到这里袁宗皋压低声音，"自正德三年起，兴王府每个月必报一份关于襄王府动向的奏折，事无巨细，已经形成惯例，可见皇上一直对襄王府保持惕意。"

原来皇上表面上嘻嘻哈哈荒唐乖张，实质大事不糊涂，牢牢把握皇权争斗的主动。乔白岩暗忖道。

"有件事也许乔大人并不知情，杨总制抑或未透露过，即关于南京兵部尚书人选的敲定。"

"唔，愿闻其详。"

袁宗皋声音更低："当年方尚书调任京城，靖王爷随即密信朝中心腹推举陆总兵，皇上圣明，看出陆总兵与靖王府关系非同寻常，遂迟而不决。后来先王派在下与杨总制密议，认为乔大人是合适人选，故游说两位阁老推荐，皇上欣然应允……这几年来靖王爷在乔大人身上下了不少功夫吧？可惜道不同不相为谋，乔大人果然不负杨总制的期望。"

乔白岩如芒刺在背，手心湿漉漉全是汗。平心而论，靖王爷对自己是很不错，但仅仅是公务往来，不含任何私人情谊——一方面朝廷规定地方军政不得与藩王太过密切，另一方面也是性格使然，他不想卷入复杂的皇储之争。饶是如此，自己与靖王府的互动竟然尽在别人监视之下，幸亏诸多细节方面把持得极好，否则岂不被抓到把柄？

想到这里他不由生起轻微的厌恶情绪。

"在下办事做人皆持公道之心，不敢有半点徇情枉法。"乔白岩淡淡说。

"何为公，何为私？"袁宗皋感叹道，"如杨总制几十年戎马倥偬，使得蒙古等外族闻风丧胆，不敢越过边境半步，然则受小人诬告几起几落，再说朝中那些持公守正的大臣，唉……伴君如伴虎，古今亦然。"

乔白岩愈听愈心惊，脑中乱糟糟一团乱麻，已无心扯下去，只想找个清静地方理一理思绪。

"此船既为兴王府所有，那些传言当不得真，但为防止误会，在皇上行踪水落石出之前，袁长史暂时在南京多待些时日，如何？"乔白岩边说边起身准备离开。

袁宗皋也不挽留客套，含笑送到船舱外，等到乔白岩单脚踩到踏板才悠悠说了一句：

"估计杨总制的亲笔信很快将寄到尚书府。"

乔白岩愣了愣没说什么，上岸后指示手下设暗哨日夜监视大船，并派人送信到靖王府表示船上并无异常，一切处于掌控之中。

回到尚书府，几位总兵、各军营将军、总捕头等前来报告前一天的搜索情况，还是没发现一丝线索。另有迹象表明锦衣卫、东厂已加大搜查力度，说明江彬也着急起来了。

乔白岩权衡良久，命令即日起所有捕快在全城密集搜查，军营除留守人员外全部集合，对南京周边山区特别是景色优美的地方重点排查，每座山保证投入三千人以上，天黑后就地野营，不得放过任何可疑线索。

　　处理完乱七八糟的事务已近中午，他疲倦地揉揉眼，挥了几下手臂，独自来到后院书房。刚进去就看到书桌上摆着一封寄自京城的信函，果然是老师杨一清的亲笔信：

　　白岩，来信如晤……

十

　　盛夏的青龙山闷热如火炉，山间没有一丝风，热浪滚滚，就算坐着不动都会汗流如涌。前山只有七八里修了石阶，其他则是荆棘密布、杂草丛生，没有一条像样的路。这样的天气，这样的路，尽管耿狄和水婷是练家子，走了十多里后仍觉得酷热难当，随身携带的水袋转眼喝掉大半，还是口渴不已。

　　"狗皇帝是所谓万金之躯，平时娇生惯养，能吃得消吗？"耿狄疑惑道。

　　"所以选择在夜里进山，白天太热就懒得出山嘛。"水婷猜道。

　　"也有道理，前提是容白花美到令狗皇帝言听计从。"

　　"那当然，她是秦淮八艳之首，红得发紫的头牌，很多男人啊头一次见到后往往被她的美色惊呆，半晌说不出话，更有众多富家子弟为求得与她相见，不惜偷出家中值钱器皿到外面变卖，虽谈不上倾家荡产那么夸张，反正，反正……"

"我还是觉得太夸张。"他淡然道。

"因为你没见过，否则也会像被摄了魂似的从此念念不忘，容白花真是世间少有的绝色美女。"

耿狄不以为然地笑笑。

水婷急了，停下来跺了几下脚道："我说真的，不信咱们打赌！"

他好奇地打量着她，笑道："她漂亮关你何事？其实你也不错的。"

她的脸唰地红了，侧过脸咬着嘴唇道："骗人。"

"清水出芙蓉，天然去雕饰，不施粉黛的女孩最自然，"他直言不讳道，"如果你再说几句假话，绝对胜过容白花。"

水婷扑哧一笑，眼睛弯成浅浅的月牙形。这瞬间耿狄觉得她真的很美。

气喘吁吁爬到梅子岭，两人汗流浃背，腿像灌了铅似的几乎迈不开，而距离翠叶谷还有一半路程。

"日落前能赶过去吗？"耿狄心里愈发没底了。

"难说，翠叶谷入口非常隐蔽，就算到那儿都未必能找到。"

"不知山里有无野兽，露营……"

话说了一半，前面几十米远的灌木丛中一阵碎响，一条人影匆匆跑向右侧山谷。

耿狄眼尖，看到那人身穿锦衣卫服饰，不假思索喝道："站住！"长剑立即出鞘追上去。

"穷寇莫追，防止对方设伏……"水婷高声提醒道。

他头也不回道："倘若他是通风报信的岂不糟糕？"

山谷里狭窄难行，而且越往深处越窄。山谷口还有四五米宽，几十米后剩下两米多，再往前跑只能容一个人勉强通过，两侧则是滑溜溜高不可攀的山壁，黑压压给人沉重的压抑感。

"这里是设伏的最佳地点，哪怕居高临下扔几块石头也……"水婷越跑越担心。

耿狄沉声道："你没看出来这家伙轻功泛泛，顶多再跑两里就能追上。"

"狗急跳墙，万一他……"

"放心，锦衣卫尽是擅长群殴的平庸之辈，"耿狄示威般晃了晃长剑，"还没听说有胜过我这柄剑的！"

说话间那人已跑到山谷尽头，再右拐，被扑面而来的水珠泼了一身，定睛看原来是道二十多米高的瀑布挡住去路！

瀑面宽七八米，从断崖上急泻而下，隆隆的水声响彻山谷，下面水潭则旋着无数漩涡。

那人手脚并用爬到潭边最高的礁石上，看看瀑布，再看看水潭，缓缓转过身来。耿狄和水婷正好拐过弯与他正面相对。

"你们是谁?"那人虚张声势喝道,"竟敢跟踪本大爷,不怕被拿入天牢吗?"

耿狄好整以暇道:"大爷我坐过天牢,不是好端端站在这儿?你身为锦衣卫不在靖王府保护皇帝,跑这儿来干吗?"

"嘿嘿嘿,你管得宽……"

那人拖长声调说着,冷不防身体如飞鹰般凌空下扑,手腕翻出一柄绿光莹莹的软剑,直插耿狄头顶。

这一招无论角度、时机都把握得恰到好处,且挟居高下击之威,声势十分骇人!

在水婷的尖叫声中,耿狄半侧步抬剑一挡,"当!",两剑相击冒出火星!

巨大的冲力使耿狄噔噔后退两步,那人却借力腾空而起,在空中翻了个跟斗继续凌空下击!

难道是江湖中传说的绝技"九转飞鹰"?

据说"九转飞鹰"从第一次凌空下击起,借助对方防守的力道腾空上飞,一次比一次飞得高,飞扑的力量也越来越大,至第九转时能把浑圆的金球砸扁。寻常江湖好汉顶多撑到四五转,超过六转的屈指可数。

耿狄虽已识得绝技,却来不及反应,硬生生挡了对方第二击,震得虎口发麻,又退了三步。

不能这样下去了!

虽然心里明白，但还是挡了第三击，耿狄清楚地看到那人再度腾空时脸上得意的笑容。几乎是同时，耿狄飞身平移，如离弦之箭射向右侧五六尺高的巨石下方，身体蜷成一团。那人第四次飞身而下，却找不到直接攻击目标，不得不脚尖在石头边缘一点缓解冲力。

刹那间脚底下剑光大作，耿狄一出手便是师门绝招"千树万花"，无数颗剑花如潮水般将那人笼罩其中。"当当当当……"一连串剑刃相击后，那人勉强突围逃到断崖下的礁石上，身上却多了四五道血痕。

"好剑法……"那人捂着胸口喘息道。

耿狄冷冷道："锦衣卫竟招揽你这样的高手，实出意外……看在你一身绝技的分上，若坦白交代来青龙山的目的，可放你一马，但须脱离锦衣卫，从此绝迹江湖。"

那人惨笑道："就算你饶过我，此番回去也凶多吉少。"

"为什么?"

"江指挥使得到线报皇上可能在翠叶谷，随即派我等仨人前来探明虚实，同时集结大批人马准备封山。谁知我们进入翠叶谷后未发现皇上的踪迹，反而遭到白莲教伏击，两名同伴战死，我侥幸逃了出来……"

太意外的消息。

耿狄与水婷面面相觑。过了好一会儿耿狄问道："你确信狗皇帝不在谷里?"

那人悻悻道："搜人是锦衣卫的绝活，何况翠叶谷就针尖大的地方，哪藏得住人？"

"可曾掌握其他线索？"

那人怔怔有顷，道："我抓到个没来得及撤离的老仆以死相逼，他供出皇上昨晚转移到紫霞山十里窝，那儿有皇上感兴趣的赤水泉和金泡鱼，只是……这个消息不足以抵消我等惨败翠叶谷之责……唉，我在锦衣卫再无出头之日！"

耿狄慨然道："天地之大，足够你施展'九转飞鹰'，何必困死于锦衣卫这声名狼藉之地？我可指点你一条明路。"

说着他上前一步，那人却误以为他另有所谋，仓促地向后退了半步，却忘了身处礁石上，脚跟打滑身体后倾，随即在两人惊叫声中掉入水潭。等耿狄急步冲上礁石，那人已被漩涡卷得无影无踪。

"可惜，可惜，"耿狄顿足道，"可惜一身好功夫，可惜。"

"他武功很高吗？刚才不是几招便输给你了？"

"能习修'九转飞鹰'，功力基本臻于化境，他欠缺的是实战经验，倘若在江湖上闯荡几年，易地再战我未必是他的对手，唉……"

小婷抿嘴笑道："其实庄先生想说'卿本佳人，奈何作贼'，又怕我听了多心，对不对？"

耿狄失笑道："你倒是我肚里的蛔虫，什么都知道。"

虽然翠叶谷近在咫尺却扑了空，但由于得知皇帝转移的地点，两人心情还是不错，即刻向北即紫霞山方向进军，行至傍晚抵达大坳口附近。耿狄还想继续走，水婷阻止说天黑后的大山最可怕，最有经验的猎户也不敢夜间在山里行动，猛兽、毒蛇以及不可测的危险都将是致命的，不如就地歇息，等到凌晨气温凉爽时出发。

耿狄看看前方连绵起伏的山峦，点点头叹了口气。

转过山崖，背后有一片平坦的石面，上面依稀有篝火痕迹，可能是猎户留下的。石面正前方是断崖，左右两侧长满了低矮的荆棘和小树，正是露营的最佳地点。

点燃篝火，两人来来回回收集干柴、树枝和野草用来抵御漫漫长夜。耿狄从灌木丛中拖来一根散发着清香的木柴，截下一段扔到篝火里，空气中顿时弥漫着淡淡的香气。水婷在靠近悬崖处找到棵结满紫黑色果实的小树，尝了一口，酸中带苦味儿，虽味道一般般但好歹能充饥。

篝火发出"啪啪啪"的爆裂声，耿狄看着火呆呆出神。

"想什么呢?"水婷问。

"没什么。"

"白天你说你坐过天牢? 那可是关押犯下大逆不道死罪囚犯的地方，向来有进无出啊。"

"嗯……"

耿狄目光散落在蹿跃跳动的火舌间，思绪一下子穿越到香山的那个夜晚，也有篝火，还有一段不堪回首的往事……

两名开封府秀女和武师惨死于虎吻之下后，很长时间内"豹房"都笼罩在死亡的阴影下，尤其是新进来的武师、太监、秀女们终于看清皇帝残暴无道的本性，说话做事皆小心翼翼，唯恐惹恼了这位爷儿。这种压抑的气氛连正德皇帝都感觉到了，还莫名其妙询问怎么回事。

过了几天，正德皇帝突然下旨要率领"豹房"所有人等去香山赏红叶。消息传开后，闷得快要发疯的"豹房"上下个个兴高采烈，而最开心的要数耿狄。

终于等到出逃良机了！

为慎重起见，耿狄借到紫禁城送信的机会专门到香山勘查，并画了张地形分布图，回到"豹房"后夜里潜心研究、揣摩，将每道山峰、每条沟渠、每棵大树都深深刻在脑子里，反复推演动手的场面以及逃亡线路，甚至考虑到用什么招式对付谁。

皇帝巡游香山的日子终于来临。

那天"豹房"外旌旗飘飘，盔甲鲜明，前面是威风凛凛的御林军打头阵，后面依次是皇帝的銮驾、陪驾的王公大臣、内宫高级首领、嫔妃宫女秀女等，耿狄作为侍从人员在最后压阵。

动身的那天清晨，耿狄偷偷溜进厨房放了点泻药，结果七名肠胃不好的武师大泻不止，不得不留在家里休息，事先扫除了几个劲敌。事有凑巧，那天紫禁城内一处宫殿失火，江彬抽了几十名锦衣卫调查起火原因，使得外围警卫力量有所削弱。

老天似乎都有意帮助耿狄和楚晓铭。

大队人马进入香山后，原本整齐有序的队列随着曲折崎岖的山势渐渐凌乱起来，体力好的如锦衣卫、侍卫、东厂厂卫等脚底生风生龙活虎，而长期在宫内做事的太监、宫女以及秀女们则大汗淋漓，动辄坐到路边石头上歇息。正德皇帝只顾自己玩得高兴，带着几位贴身侍卫径直往山上爬，几道警戒线随之前移，慢慢将大队人马抛到后面。

见时机成熟，耿狄远远做了个手势，楚晓铭会意，借口小解跑进右侧茂密的树林里。过了会儿，耿狄绕了个弧线也溜进去，会合后他一把将她抱在后背，敏捷地冲向树林深处。

大概过了半炷香工夫，负责监督秀女的老宫女发觉楚晓铭迟迟未归，派两名侍卫进树林查看，结果未见踪迹，知道事态严重，赶紧逐级上报。江彬闻讯大怒，火速传令封锁香山所有出口，同时除了少数锦衣卫保护皇帝外，所有人马立即投入搜山。

香山并不大，耿狄又须时刻照顾武功尽失的楚晓铭，在数千人强力搜捕下很快暴露行踪，大半天时间打了十一次遭遇战。幸亏他事先做足准备，对地形熟悉得犹如在香山生活多年的村夫，而且武师们大多未尽全力，有的甚至暗中助他躲避锦衣卫——他们平时经常在一起切磋武艺、交流武学心得，同时都反感皇帝在"豹房"的所作所为。饶是如此，在锦衣卫、东厂厂卫等疯狂的追杀下，耿狄已身负六处轻伤，长剑也断了小半截，两人被逼到一个三面悬崖的狭长山谷里，若非天色已暗对方停止追击，恐怕早已命丧黄泉。

是夜，月光如水，清冷地洒在香山上，谷底泛起的白雾如同石头缝里蹿出来似的，很快将两人笼罩其间，不多时头上、脸上、身上便结了层细细的水珠。远处谷口火光冲天，不时有人影晃动，应该是驻扎在谷口等待明早进来决战的官兵。

"秋凉侵骨，进洞睡吧，"耿狄轻声提醒道，"休息几个时辰后趁黑强行突围，我们还有希望。"

她应了一声却不动弹，依旧紧紧倚在他怀里。他叹了口气，脱下外套披在她身上。

"都是我连累了你，"过了半晌她说，"我不该闹着回家，不单毁了你的大好前程，还赔上一条性命……其实回家也不得安宁，甚至会给家人带来祸患，我真是没用……"

耿狄捂住她的嘴："不许说傻话，这是我自愿的，倘若连自己最心爱的女人都保护不了，要荣华富贵、锦绣前程有何用？"

她幽幽叹了一声，又隔了好久才问："老实说，明天突围的希望有多大？"

"别想那么多，只管安心伏在我身上。"

"嗯……你睡吧，养好精神才能厮杀，我睡不着。"

在她温柔的拍打和轻抚下，他迷迷糊糊入睡。正睡得香甜，蒙蒙眬眬听到她在耳边说："……师兄，我去了，拿我的人头给他们功过相抵……"

什么?!

他惊得一跃而起，却见楚晓铭正站在十多步之外的悬崖边，冲他微微一笑，然后纵身跳了下去。

"小师妹——"

耿狄声嘶力竭狂喊道，顿时五脏俱焚，混沌至忘乎自我，脑中只有一个念头：我也跳下去陪小师妹一起死！

十一

"呜——"

山间陡地响起一声尖厉的狼嚎，将耿狄从回忆中拉回现实，提剑四下巡视一圈，再往篝火里添了些木柴，转头看水婷已经睡着了。她睡得很香，娇嫩的脸庞被火光映得通红，与面颊上细细的绒毛构成一道淡淡的色晕。她鲜红的嘴唇微微噘着，似乎梦到了不开心的事。

荒郊野岭之中，她竟对一个刚认识的成年男子毫无防范，恐怕认准自己是正人君子吧。念及此他不由苦笑，倚在石壁上将几天来发生的事梳理了一遍，又联想到皇帝与大臣、各地藩王之间的钩心斗角，想着想着渐渐进入梦乡。

四更天，东方刚刚泛起一丝白，两人便重新上路，趁早凉一路急行军，几个时辰后翻过五松岭进入紫霞山山脉。

"咦，我好像来过……"

水婷越走越纳闷，不时打量周围地形，一脸诧异的样子。

"怎么了？"

"记得我很小的时候……大概十岁左右吧，老教主——现任教主的父亲练功时走火入魔，老中医开的方子里有需要童男童女清晨第一泡尿……因此教主带我们几个过来，不错，就是这儿！"她惊喜地说，"白莲教在南京有两处秘密基地，是存贮物资、培训教徒以及副香主以上教内首领休养、练功的地方，往往层层设防，有高手镇守，没准皇帝被押解到这儿了。"

"白莲教高手很多吗？"耿狄问，"与锦衣卫相比如何？"

"良莠不齐，大多数单打独斗不是对手，但若弄出动静来，他们有可能将皇帝从密道转移，毕竟白莲教在这一带经营了十多年，修建有大量机关暗道，防不胜防。"

"这样看来必须等到天黑后再行动？"

"我了解白莲教设防特点和联系方式，能在暗处助你一臂之力……注意须等到十成把握时再动手，最好一击毙命别留余地，否则会惊动附近暗哨。"

耿狄听了沉默不语，手按剑鞘眼睛一眨不眨地盯着她。她被看得发毛，下意识摸摸脸颊道：

"喂，我脸上长花了吗？"

他道："看起来不像我逼迫你带路，而是你主动领我找狗皇帝，对教徒也无兄妹之情，你心里到底打什么主意？"

"我说过喜欢庄先生……"

"说实话！"

耿狄冷不丁长剑出鞘架在她脖子上，脸冷厉得如千年冰窟里的寒冰。

"我猜——你不会杀我。"她从容道。

"未必，"耿狄冷冰冰道，"尽管我有怜香惜玉之意，但我的剑有时不听使唤，它不喜欢说谎话的女孩。"

她叹了口气："天下男人都一个样，翻脸只在转眼间，我在'金枝玉舫'见得太多了。"

"不准把我跟那些嫖客相提并论。"他啼笑皆非。

"难道不是吗？"

"因为你的行为令我怀疑。"

她沉默了很久，道："你的怀疑很有道理，换了我也会如此……不错，带你找皇帝我是有私心，原因在于教主。"

"教主暗中授意你这么做？"耿狄十分吃惊。

"不，不是，教主去京城后一直杳无音信，不过，"她黯然摇头，"挟持皇帝，正面与官府为敌绝非教主的风格，倘若他老人家仍在南京，绝对不可能同意右护法这样做！

因此我自愿带你前往，宁可把皇帝交由你处置，替白莲教甩掉这烫手山芋。"

他凝视着她："也就是说，教徒们都反对右护法？"

"两码事，白莲教教规森严，多年来教徒们已养成无条件服从的习惯，就算偶有怨言也不影响执行，况且挟持皇帝只有包括右护法、容白花、姬益秋和我在内的实在无法隐瞒的人知晓，其他教徒只知抓了个大官，并不知道是皇帝。对了，等会儿进十里窝后最好别泄露皇帝的身份，否则容易招来麻烦。"

解释合情合理。

耿狄也暗暗松了口气，其实他也不愿在接近目标的时候闹出事端，这么做只是未雨绸缪，防止她有其他不可告人的目的，当下收起长剑一声不吭往前走。

临近正午时乌云蔽日，整个天空宛若巨大的舞台幕布慢慢降下来，灰暗而厚重的云层聚积在远处山头，隐隐传来隆隆雷声，空气中潮湿得能拧出水来，一场暴风雨即将来临。

两人担心为暴雨所阻，均将身法提升到极致，三个时辰内穿越两个山谷、一座山峰，并利用临时扎的筏子渡过一条七八米宽的水潭。等赶到十里窝的最前沿桃花沟时，水婷已累得一丝力气都没了，瘫倒在草地上连连喘息。耿狄也筋疲力尽，便拿出饮水和干粮与她分食，然后半扶半搀带她继续往前赶——要抢在天黑前先观察谷口暗哨分布情况。走了两里多，两人来到十里窝外侧的一棵高大松树上，居高临下打量：三棵杨树中间搭了个简陋的小屋；离它二十多步远的老树中间有个树洞，里面可容两个人；再往前是一片茂密的野山楂林，林子西侧最大的树上有个树棚。三处暗哨呈"之"字形，旁边树梢上均挂着铜钟，一旦敲响便会引来野山楂林边驻守的五个巡逻人员策应。

每日值守由教中武功高强者轮流担任，正常情况下值守者每隔一个时辰敲三下铜钟报平安，三下以上即为警示，若遇到紧急情况如有外敌入侵则发响箭。只要越过野山楂林意味着成功了一半，接下来便能看到十多间凉亭式竹屋，平时里面住着各地挑选过来接受培训的教友，少则三四十人，多则近百人，虽只懂些粗浅功夫，但若一哄而上也能造成很大压力。竹屋后有个池塘，与赤水泉相通，池塘南边小树林里隐蔽着一个四合院，三出三进约有十多间屋以及地牢，皇帝有可能被关押在里面。

赤水泉，涌出的泉水呈独特的粉红色，犹如含苞欲放的桃花，令人浮想联翩；金泡鱼则是附近溪流的特产，形似鲫鱼，周身遍布金黄色泡泡图案，故名金泡鱼。每年春秋两季，总会有青年情侣和一些文人骚客不辞辛劳远道而来，泉水煮金泡鱼则是必不可少的佳肴。

由于白莲教基地修建得极为隐蔽，又防守严密，十多年来竟无人知晓。

"何时动手为宜？"耿狄悄声问。

"傍晚时分，教友们诵经半个时辰才能吃饭，而夜间巡逻尚未开始，正好是个空当。"

"唔，那你也休息会儿。"

她已倦得不行，听了这话立刻闭上眼睛，打了个呵欠便睡着了。树杈上空间甚小，渐渐地她身体往他那边沉，最后干脆蜷到他怀里。搂着娇小玲珑的她，虽说身体汗津津的，但触手间滑腻柔软，又不失年轻少女特有的紧致结实。

耿狄微微心动，身体某个部位起了微妙的反应。自与小师妹春宵一刻，历经磨难后来到南京独居数载，过着刻意压抑自我、类似苦行僧的生活，但他毕竟是血气方刚的年轻男子，何尝没有对欲望的渴求？这几天与水婷朝夕相处，已在心里产生亲近感，自然而然觉得她越来越可爱，越来越美丽。想到这里他双臂下意识箍紧她纤细的腰肢，睡梦中的她浅浅皱了下眉头，头钻进他臂弯继续酣睡。他禁不住怜爱之意，轻轻在她额头上一吻，见无动静又轻吻她的鼻尖、下巴和脸颊，心猿意马间差点掉下去。

这时山间下了一阵大雨，时间虽不长但一扫白天的闷热，而且浇熄了他心头燃起的熊熊欲火，冷静下来后他选了个安全的位置也小睡片刻。

又过了几个时辰，两人束好衣服、蒙上头巾，手持武器悄悄掩过去。第一关是螳螂派高手，擅长空手夺白刃。耿狄始终没给他出手的机会，上去就是泼墨卷雪的打法，压得对手喘不过气来，仅七个回合便结束战斗，一剑穿透对方右肩锁骨。依耿狄的本意是点昏眩穴算了，但水婷手起刀落将其杀掉。第二关值守者来自崆峒派，使得一手密不透风的点穴笔，两人拉开架势厮杀了二十多回合，被耿狄觑了个破绽划开咽喉，"噗"射出一道细长的血柱。第三关是白莲教镇江分坛香主，见了他们情知已连闯两关，忙不迭窜到大树边敲钟，被耿狄截住，围着树干展开游斗。这家伙武功又高又很油滑，随时打算开溜，耿狄遂采用缠绕战术令对手脱不开身，翻翻滚滚打了三十多个回合终于一脚将他踹倒在地，躲在旁边的水婷趁机闪出来一刀扎中其心口，耿狄暗暗咋舌。

连过三关，耿狄精疲力竭，不敢再惊动剩下的五名巡逻人员，小心翼翼穿过野山楂林。前面突然传来一阵喧嚣声，隐至暗处一瞧，两人均呆住了：

竹屋前面空旷地燃着一堆篝火，大约三四十人围坐在四周，专心致志听中间一白衣男子诵读佛经。

"他是谁？在干什么？"耿狄悄声问。

水婷蹙眉道："教友诵经会，通常是中午举行，大概天气炎热的缘故改为晚上。中间那人为本教圣令使者，右护法从山东带来的，据说武功很高……想不到现在是他负责秘密基地……诵经会时间很长，有时持续六七个时辰呢。"

说到这里她紧紧咬着嘴唇，像非常意外的样子。

耿狄听了也暗暗吃惊，赶紧绕到圣令使者正面，打量之下胸口如同被巨石重锤，窒息得气都喘不过来：

圣令使者，竟是师父楚千里的独子楚晓鹏！

耿狄进入师门学艺时，楚晓鹏差不多已经满师，在济南一家镖师当武师。虽然父亲是名满江湖的剑派掌门，楚晓鹏却始终无法窥得上乘剑术，剑招使得娴熟无比，每天也勤练不辍，却总是差了那么一点点，达不到一流剑客境界。楚千里嘴上从未说过什么，但弟子们都知道师父内心深处肯定引以为憾。

他为何随师父来南京？小师妹死后，济南的家到底发生了什么？耿狄满腹疑问，恨不得冲出去问个究竟。

然而摆在面前的难题是竹屋前面空旷地乃进四合院的必经之地，谁知道诵经会何时结束？万一夜间巡逻人员前去巡视，或者一个时辰以上听不到铃铛声，便会引起四合院那边警惕，再想混进去难于登天。

强闯更不可能，面对几十名狂热的教徒，凭两人之力简直是上门送死。

正在踌躇难决之时，陡地背后火光冲天，回头看正是巡逻人员栖身的草棚着火，火势很快蔓延到野山楂林，烧得树枝、树叶啪啪作响。大火惊动诵经的教徒，纷纷跑到竹屋取水桶、木盆等物舀水赶过去救火，一时间人来人往，场面乱糟糟的。

趁着混乱耿狄和水婷迅速穿过空地，从河边绕到竹屋后面的小树林，再跑了几十步前面果然有个黑黢黢的庭院。

借助茂密的树影两人从院子后面翻墙进去，踩到坚硬的石板，心中稍稍定当。

"接下来去哪儿？"耿狄问。

水婷茫然："我也不太清楚……要不抓个人问问？"

从西侧甬道来到中间院落，东首坐落着气势轩昂、巍峨高大的假山，占据近三分之一院子，西首则是花圃，三间屋子都燃着油灯，里面有人影晃动。

水婷观察了半晌发现屋里是负责打扫的杂役，起身欲冲进去，却被耿狄一把按住。几乎同时，有脚步声从前院传来。

惭愧！她暗自羞惭。

"南京乃有名的火炉，汪使者偏偏又挑南京最热的时候来，真辛苦了。"说话者竟是右护法楚千里。

耿狄和水婷静心屏息，大气都不敢出。

汪使者笑了两声："哪里，职责所在不敢疏忽啊。对了，刚才起火怎么回事？"

"正在查，"楚千里也有些奇怪，"火已经扑灭了，巡逻人员和几名暗哨值守都不知去向，地上隐隐有血迹，不知怎么回事。"

耿狄心跳了两下，暗自奇怪：刚才行动仓促，根本没时间转移尸首，杀掉后都留在原处，怎么会不见了？

"还是院子里好，风凉丝丝的，屋里闷热又有蚊子，"汪使者说，"就站这儿聊会儿。"

"也好，院子里都是信得过的兄弟，有话直说无妨。"

"楚兄精明强干，区区数月便掌控大局，大家都佩服得很。"

楚千里谦逊道："都是王爷运筹帷幄，高瞻远瞩。"

王爷？哪个王爷？

耿狄诧异地瞅了水婷一眼，她微微摇头表示毫不知情。

"此次楚先生出马一击成功，而且摆了江彬一道，王爷闻讯开心得很，当晚取出窖藏二十年的桂花酒设宴祝贺，在下承蒙王爷厚爱也陪斟了小两杯呢。"说着汪使者咂咂嘴似乎仍在回味美酒的醇香。

楚千里奉承道："汪使者乃王爷左膀右臂，事成之后当执掌中枢，想喝什么美酒都有。"

"哈哈哈哈，彼此彼此，"汪使者大笑数声，"目前外围局势如何？"

"乔白岩已调动巡捕房、南京五大军营所有力量四处搜索；江彬出动锦衣卫、东厂精锐还有部分内宫侍卫；靖王府则派出家丁、王府侍卫四下活动；暂没发现其他势力介入，"楚千里如数家珍，侃侃而谈，"从掌握的情况看，还没有哪一方摸到线索。江彬虽然怀疑是白莲教所为，也派出重兵剿灭金陵分坛，但中途杀出山东大道门高手又转移了他的注意力——"

"大道门是什么来头？背后有谁指使？莫非也想染指此事？"汪使者紧张地问。

"据说从山东一路跟踪而来，想以那人的性命换取释放教徒并立白莲教为国教，具体事宜仍在调查之中。在下业已飞鸽传书，委托济南那边的朋友代为打听。"楚千里安慰道。

"即使所言为真，参与此事也不妥当，"汪使者仍不放心，"楚先生何不快刀斩乱麻，将这家伙一刀剁了？"

好狠毒的家伙！耿狄暗骂道，转念一想这等大事换了自己也未必有其他选择，不禁哑然失笑。

楚千里道："汪使者有所不知，此人身手甚高，且非孤身而来，南京还暗伏接应的同伙，既已窥知我方行动，万一打草惊蛇，同伙把事情抖搂出去反而不好。因此在下想稳住他不得到处滋事，等时机成熟再一网打尽！"

汪使者拊掌道："楚先生好手段，难怪王爷委以重任……今早接应船只已停泊于丹舞湾，离南京只有二十多里，只等楚先生施展妙计将人运到城外，然后一路潜往杏花村，即便几十万大军也拿我们没办法。"

"距离虽短但步步杀机啊，"楚千里喟叹道，"这几天南京城内布满耳目，稍有异色便被拘拿盘问，可谓风声鹤唳人人自危，城门、路口、码头、河道均有重兵把守，别说混个人出去，连只苍蝇都难逃……汪使者，在下实在不明白为何费如此周折，索性把他干掉岂不利落？"

"起初在下也这么想，并多次向王爷谏言，经王府师爷、幕僚们指点才识得王爷之深谋远虑，"汪使者道，"自黄帝以降，弑君篡位是名污史册的大逆之罪，哪个都不敢碰，因此成祖率兵攻入南京，建文帝只能是失踪而非被杀，玄机就在这里。"

"哦——"

"此乃其一。其二，王爷也担心为人作嫁衣，毕竟暗中窥伺皇位的王爷众多，若稀里糊涂把人杀了既被栽赃，又替别家扫除障碍，岂不冤枉？哪有将人控制在手里实在？"

"哦——"楚千里叹道，"官宦之道确实高深莫测，非我等江湖中人能虑及。"

"在下深有同感。"

两人站在花圃边聊了很久，直至有下人禀报宵夜已做好，楚千里笑道："汪使者远道而来，须得品尝赤水泉煮金泡鱼，在下已在泉边备好酒席，请移驾小酌。"汪使者也不推辞，两人又从前院离开。

待他们脚步消失，水婷长长出了口气，捶腰顿足好一会儿，悄声道："全身都站麻了……如我所料，右护法果然居心叵测，利用我白莲教达到其险恶目的。"

耿狄正待答话，只见堂屋门口人影一闪，原来是仆人拎着木桶到假山这边打水。等他走到跟前，耿狄一个虎跃冲出去点中他几处穴道，拖到假山背后，剑尖逼在他咽喉处。水婷抢先问道：

"人关在哪儿？"

仆人骇得脸色发白，吃吃道："不知道……我什么都不知道……"

白光一闪，水婷挥刀割掉他左边耳朵，冷厉地说："再不说剜你左眼！"

"我说！"仆人被她凶残的手段吓住了，忙不迭道，"就在下面，假山下面。"

顺着他的目光，耿狄拨弄开石头上的重重藤蔓，里面赫然露出锈迹斑斑的铁门！

十二

正德皇帝失踪第七天，乔白岩终于收到翘首以待的、来自京城留守内阁的密信。按呈报时间和快马传递速度推算，这封信本应第六天收到，延迟的一天大概是杨首辅召集内阁慎重讨论、反复推敲的时间。

密信以遒劲有力、瘦骨伶仃的魏碑体写成，字如其人，应该是杨廷和亲自草拟。信中对乔白岩等官员坚守岗位、密切关注皇帝动态并及时汇报的做法大加赞赏，并暗示太子太保的加授已提上日程，只等履行完程序即可宣布。又称江南一带连日高温，操劳之余要注意身体，还要关照好家眷云云。

说完这些客套，却谈起了宁王叛乱平息后的安置工作，调集军队进驻南昌、撤换部分平叛不力的官员、临时抽调江浙两省粮仓安抚民心等等说了一大堆，看得乔白岩既莫名其妙又满心疑窦——他不过是南京兵部尚书，主管军事和治安工作，这些战后安置工作哪轮到他过问？

跳过这一段，接下来又提到如何处置宁王和三百多名随从逆臣，内阁的意见是不宜牵连太多，但也不能轻轻放过，计划全部留在南京审理判决，除主要幕僚及宁王的两个儿子处斩外，其余尽可能不杀，可以采取囚禁、流放、撤职等方式等等。

信的末尾终于提到皇帝，却只有轻飘飘一句话：余已敬晤太后酌情会商。

皇帝失踪的事已惊动张太后，说明内阁掂量出事态之严重，决非密信字面上这样轻描淡写，但杨首辅与张太后会商什么内容？最终作出哪些决定？是否需要南京这边配合？

信中对这些细节只字不提，是杨首辅有所顾忌，还是此事另有隐情？

灯下乔白岩独自在书房坐到三更天，方轻叹一声，将密信郑重地收藏到秘匣里——非常之时，行事须格外小心，任何对内对外的书信、奏折都得留住，万一追究起来好作为凭证——不包括老师杨一清的密信，信的最后专门注明"阅后即焚"，当然没这四个字乔白岩也会这么做。

想去卧室休息，没出书房又折回头，实在无半分睡意，随便从书架上抽了本书，却一个字都看不进去，杨首辅那张温和谦恭的脸不时在脑海中闪现。

　　首辅杨廷和官拜内阁前曾任南京户部尚书，与乔白岩有些私交。杨廷和聪慧过人，反应敏捷，深谙为官之道，善于借助多方势力达到目的。正德初年大太监刘瑾把持朝政飞扬跋扈，不可一世，就是杨廷和策反其同伙张永成功将刘瑾铲除，之后又拿捏分寸，阻止张永封侯的企图。

　　众所周知，杨廷和自正德七年接替李东阳担任首辅后，可谓心力交瘁，宵衣旰食。正德皇帝忽儿跑到应州与蒙古人打仗，忽儿率领远征军西征近半年，即便在京城也难得静下心打理朝政，全靠杨廷和"入值中枢，参与机要，镇静持重，补苴匡救，灾赈蠲贷犹如故事，百司多守法"，使大明帝国各级官府正常运转。

　　多做事倒也罢了，关键是跟着这个行事不按牌理、荒诞不经的皇帝后面心更累，正德年间皇帝与大臣的矛盾积累到无法调解的地步，朝堂之上多次出现正面交锋乃至双方都撕破脸的情况，身为首辅一方面要维护皇帝的尊严，另一方面又得安抚群臣，受够了夹缝气。

　　一则来自京城的小故事说，正德皇帝远征塞北归来后，杨首辅把皇帝偷偷溜出京城时留给自己看守朝政的敕书交还上去，结果出乎大家意料，皇帝当着百官的面又扔给他，说这东西你先留着，说不定以后还有用。此言一出所有人都傻了眼，不知皇帝还想干什么。

　　从后来看正德皇帝已作好南巡准备，但会不会一语成谶，预示皇帝会遭遇不测？

想到这里乔白岩头皮发麻，简直不敢再想下去。

书房外传来急促的脚步声，他的心顿时悬得老高：深更半夜前来通报，肯定是十万火急的事，而且凶多吉少！

果然是安德门守备副尉前来禀报，傍晚发现一个身份十分敏感的人进了城，当时仅觉得眼熟并没在意，直到晚上睡觉时做了个梦，陡地联想起他的身份，顿时吓出一身汗，匆匆赶来报告。

"此人是谁？"乔白岩沉住气问。

"襄王府参事汪敬涵。"

竟然是他！这场因皇帝失踪引起的暗战又多了个搅局者，而且来头不小！

正德皇帝现有二十二位表兄弟，其中有儿子的是十四位，剔除先天残疾等不具备争夺皇储资格的，和远在偏远之地、势力日颓的王府，以及刚刚被活捉的宁王，最终只剩下五位王爷，兴王、襄王、靖王、诚王和莫王。而从血缘关系讲，前三位王爷与正德皇帝更近一层，是嫡亲表兄弟，因此呼声更高。

近年来几家王府表面上对紫禁城尤其是内宫消息漠不关心，摆出对皇储位置不感兴趣的姿态，实质暗地里不知砸下去多少银两，京城重要部门官员、内阁大臣、内宫管事太监，乃至皇帝身边的太监宫女，都是王爷们刻意结交收买的对象。

按理说大臣们为明哲保身应该在皇储之争中保持中立，事实上保持中立是最危险的做法，不得罪任何一方的结果是得不到任何一方信任，更有甚者被怀疑暗地里效忠其他王爷，是新君登基后第一批修理的对象。因此很多时候大臣们都面临左右为难、如履薄冰的境地。

乔白岩身在陪都，远离权力中心，自然不必为这等事费神，然而随着皇帝失踪事端进一步发酵，三个最有可能入选皇储的王府均卷入其中，由不得他置身事外了。

这些人——袁宗皋和汪敬涵官衔不过从四品，但代表着深不可测的王府，惹不起碰不得，没准哪天他们得了势，便掌握天下黎民生杀予夺大权，对付他比捏死只蚂蚁还容易。

然而他们此行并非游山玩水，剑锋直指皇帝失踪之事，更重要的是南京乃靖王的地盘，等于明火执仗到人家门口找碴，换了谁都咽不下这口气。

唯一的希望都在耿狄身上，目前为止他依然没有任何消息。没有消息就是好消息，说明耿狄铆足了劲在查。养兵千日用兵一时，事实证明老师杨一清当年保他是对的。

"他往哪个方向去了？"乔白岩问。

"说不准，"守备副尉犹豫片刻道，"下属好像看到……街尽头有人等他，路边还备了马，后来下属被其他事分了神，没继续看。"

乔白岩稍稍停顿会儿，沉声道："本官知道了，你回去休息吧。"

"喏。"

守备副尉深鞠一躬离开。

乔白岩关好书房门走向卧室时，隐隐听到远处大街上一阵急促的马蹄声，暗想这么晚了哪个衙门在活动？明早得问问。

这批骑士在万籁俱寂的大街上肆意奔腾，很快来到锦衣卫设在草场门附近的总部。堂屋灯火通明，以江彬为首的锦衣卫、东厂高层正在开秘密会议，七八个人头凑在沙盘上嘀嘀咕咕。

"轧——"

为首骑士翻身跳下马，大步流星推开堂屋双扇门，江彬立即从沙盘上抬起头，瞪着血红的眼睛问："怎么样？"

骑士点点头："经下属率手下潜入刺探，紫霞山十里窝靠近赤水泉一带确有白莲教众活动的迹象，今夜也失了火，且有外人进入其秘密基地。"

"能分辨此人身份？"

"那人一入南京城旋被白莲教的人接走，相距太远看不清楚。"

"很好，你且退下，"打发走骑士，江彬腾地站起身，双手按在桌沿，眼中射出兴奋的光芒，"今天上午夫子庙密探报告'金陵姬记'老板姬益秋突然断了三根指头，做桂花鸭怎么会把手指弄断？经查姬益秋乃白莲教金陵分坛副香主，中午去捉拿时他已举家外逃，至今尚无下落，"江彬狞笑数声，"然后便是今晚接到线报紫霞山里出现异常，至此可以肯定是白莲教半途劫了皇上，而上回在汤山出现的蒙面人也在暗中追查！"他蓦地抬高声音："火速命令弟兄们分三路挺进紫霞山十里窝，严密封锁所有通道，连只蚊子都不准从你们眼皮底下溜走，明白吗？"

"喏！"首领们齐声应道，随即分头召集手下。

看着一队队人马消失在夜幕里，江彬嘴角露出一丝得意的微笑。

江彬一向自认运气不错，小时候顽劣愚钝，大字不识几个，成天在街头打架斗殴，后来实在混不下去了索性阉掉身体入了内宫，再抽调进"豹房"发了迹。文盲、贪婪加凶残，组合成一个彻头彻尾的恶棍，贪污受贿、敲诈勒索无所不为。远的不说，单从京城到南京这一路干的坏事就罄竹难书——最过分的是公然向地方官要钱，不给就随意捏造罪名然后直接把绳子套到地方官脖子上。这些事正德皇帝有所耳闻，但睁一只眼闭一只眼，由他去胡闹，殊不知这条恶狗的胃口越来越大，已露出其狰狞的牙齿准备扑向主人。

这一切只缘于一个人的一句话：

"眼下江公公是一人之下万人之上，可历朝历代哪个臣子能享君王一辈子恩宠？日后龙座上换了主子又怎么办？那些大臣可是恨不得生啖江公公的肉啊。"

狂妄如江彬在人缘方面倒有自知之明，知道这些年得罪的人太多太多，可培植的心腹也就内宫几个太监，能猖狂到现在确实如那个人所说，全靠皇帝恩宠罢了。

　　"怎么办?"江彬难得谦虚地请教。

　　"封王拜侯，赐免死金牌，在远离京城的地方圈块地，天高皇帝远。"

　　"这……恐怕……"江彬自忖完全不可能，"即便皇上迷了心窍许诺于我，那帮大臣也会豁出命来阻止，须知分封异姓王侯这等大事皇上也做不了主。"

　　"非常之时成非常之事。"

　　"愿闻其详。"

　　那人诡秘一笑："倘若新君继位，重赏有功之臣呢?"

　　"新君?"江彬愣住了，脑子一时转不过弯来，"谁是新君? 皇上好端端的为何让位给新君?"

　　"今日点到为止，待江公公想通了再来找我。"

　　不到两天江彬就想通了，连夜跑过去密会那人。两人在黑暗中彻夜长谈，一直谈到天色泛白。也就就从那时起定下计策:

　　将正德皇帝骗出紫禁城，再伺机下手!

　　唯一没想到的是螳螂捕蝉黄雀在后，半路杀出个程咬金将皇帝劫走，而且从目前情况看，还有更多程咬金躲在暗处。

　　没关系，只要今夜行动顺利，把皇帝牢牢控制在手心，麻烦再多又能奈我何？

想到这里江彬笑得更加自信。

十三

铁门上挂着又大又厚的铁锁，水婷想找石头砸，被耿狄拦住，顺手取下她头上的发夹在锁眼里捣了几下，"咔嚓"，铁锁开了。

"你连开锁都会？"她又敬佩又惊奇。

他笑而不语。若说"豹房"数年的收获，莫过于武师们之间切磋交流，偶尔来了兴致彼此传授几招绝技，这就是耿狄在师父面前使出太行剑法以及妙手开锁的原因。

打开铁门，锈涩的门轴发出嘶哑难听的声音，紧接着一股阴森腐朽的味道扑面而来。耿狄打着火折子一照，里面是盘旋而下的石阶，水婷抬脚踢了个小石子下去，"叮叮咚咚"滚了好久才听不到回声。

"下面很深。"耿狄说。

"不管它，下去闯闯。"

水婷说着抢先一步进去，耿狄眼中闪过惊疑之色，但还是举着火折子跟在后面。入口约四五尺宽，越往下走越窄，两侧石壁上挂满了小水珠，气温越发地低，不知不觉间皮肤上起了一层鸡皮疙瘩。再往下走隐约听到滴水声，脚下也变得湿滑难行，绕了个大弯后眼前蓦地一宽，两人已置身于一个椭圆形石窟中。

石窟可容三四十人，正中上方有一眼清泉，泉水顺着裂缝汇流到下面的小泉池里，再溢出去四处流淌，最后从石缝中慢慢渗下去。

"那边。"

耿狄指着右侧角落的阴影，凑近看又是一道铁门加两把大铁锁，里面传来阵阵恶臭。水婷贴在铁门栏杆间竭力朝里张望，只隐约见到一团黑乎乎的黑影。

"里面关着谁？"水婷焦急地说，"锁太大了砸不了，快帮一把嘛！"

耿狄反而退后一步，面无表情看着她。

"怎么了？也许里面就关着皇帝。"水婷催促道。

"你究竟想找谁？"

"皇帝啊，你不也是吗？"

"或许你更想寻找教主。"耿狄平静地说。

水婷脸色煞白，呆呆伫立在原处出了会儿神，陡地蹲下去捂着脸哭起来。

"容白花只是被你们利用的美姬，不可能担任左护法，"耿狄淡淡分析道，"而你，恐怕才是真正的左护法……在青龙山时我就有些奇怪，那名锦衣卫出现得太突兀，简直像送上门似的，而他失足更是离奇，由始至终不像锦衣卫的风格，直到今晚那把火我才醒悟过来，那人根本就是你的同伙，正是他放火分散教徒们的注意力，使我们混入这里，因此尸体失踪之谜也迎刃而解了。"

"信不信由你，皇帝的确不在翠叶谷。"她竭力分辩道。

耿狄冷笑道："对你来说狗皇帝在哪儿并不重要，重要的是利用我进入十里窝，寻找失踪已久的教主……虽然右护法宣称他远赴京城，但几个月来音讯不通，而右护法独揽教中大权，策划挟持狗皇帝的惊天阴谋，使得你与教中少数人极为不安，担心教主已遭遇不测，遂暗地里展开调查。只是你们势单力薄，实力也不足以与右护法抗衡，故而想借助我……"

"放火掩护我们的是小胡，和我一样是孤儿，由教主收留后抚养成人。"

"他武功很不错。"耿狄道。

水婷拉着铁门央求道："求求你了，庄先生，我真的很想知道里面是不是教主。"

"如果不是呢？"

"我……还会找下去……"

耿狄冷然道："可我没工夫奉陪，因为你至少耽误了两天时间，我不能在这儿再停留……"

说着抬步就走。

"庄先生！"

水婷突然"扑通"跪下，含泪道："我是骗了庄先生，但……教主对我们的养育之恩……请看在这几天朝夕相处的分上帮帮我，我……会感激你一辈子！"

耿狄默然看着她，道："找不到狗皇帝，即便感激三辈子又有何用？"话虽如此语气间已有些松动。

"其实……我猜到有个地方可能性很大……"

"哪儿？"

"你把锁开了再说，"水婷嘟着嘴说，"无论是不是教主我都会陪你去。"

他被她流露的小女儿态打动了，这副模样简直与小师妹如出一辙。

"让开。"

他命令道，然后又拿她的发夹摆弄了一会儿，将两把大铁锁打开。水婷迫不及待冲进去翻开角落那人的身体，触手间一片冰凉，且散发出浓烈的恶臭，原来那人已死去多时。

"教主！"

水婷辨出那人面孔后号啕大哭，不顾尸体已腐烂变质紧紧搂着，连泣带诉不知说些什么。耿狄起初站在铁门外，见她哭得嗓子沙哑不禁动了恻隐之心，迈步进去想安慰她。

谁知半个身子刚进囚室，一道冷厉的剑光乍起，剑招又急又快，刹那间笼罩他后心几处要害！

行家一出手便知有没有，就凭此招就可判断袭击者至少沉浸剑道数十年。

想避开这必杀之招最简捷的方法是后退两步再以剑格

开，但耿狄看出袭击者就是试图把自己赶进囚室，偏偏不能让对方如愿，当下咬紧牙关收腰急挫，在刻不容缓间连挡对方二十多剑，每剑都贴着身体插过，毛孔都可感受到肃杀的剑气。

"好身手!"

黑暗中传来楚千里的声音，紧跟着又是铺天盖地的剑花夹着冰霜，每朵剑花暗含十多种变化，剑锋掠起的风声吹到几步之外水婷的脸上，犹如利刃割面，她吓得赶紧躲到右侧角落。

耿狄情知已被师父辨出身份，沉下心后渊渟岳峙，出招沉稳有力且暗蕴反击之势。转瞬间师徒俩拆了四五十个回合，耿狄双腿如钉在地上丝毫不动。

楚千里越打越心虚，已有后劲不足之感。毕竟年岁不饶人，耿狄又是重剑门最出色的弟子，早在当初满师时在剑式不蕴内力的情况下就能与师父打成平手，后来闭关修炼，加之参加武试的实战考验，以及在"豹房"博采众长，无论剑术修为还是火候均已青出于蓝。

即使漆黑一团中突然偷袭都未能获得主动，当师父的脸上未免有些挂不住。

耿狄起初是背对着楚千里，这会儿已转过身来，要不是念着师恩早就转守为攻了。

"庄先生——"

连水婷都看出不对劲，忍不住出言提醒。

耿狄一惊，陡地醒悟过来：这可不是在济南学艺时师徒过招，而是以命相搏，关系到皇帝安危和政局稳定，切不可儿戏！

耿狄手腕一翻，"唰唰唰"连刺三剑，剑尖似挑似点，力度和角度匪夷所思——这已不单纯是重剑派招式，融合了太行的剑派、峨眉剑和天山剑法的精髓，楚千里哪里识得，一时竟有些手忙脚乱，脚下后退半步。

就在电光石火间，一道鬼魅般的黑影冲过来左掌直击耿狄胸口，其时机把握得恰到好处，正是耿狄全身力量凝于剑尖而后防空虚之际。他惊出一身冷汗，不得不抬手与黑影硬拼一掌——

嘭！

狂涛巨澜般的内力将耿狄震得眼冒金星，手臂像不属于身体似的完全麻木，双脚连退两步。楚千里经验何等丰富，当下大举反攻，一剑挽出十三朵剑花，花花绽放，花蕾中吐出无穷杀机。此时耿狄内息紊乱，真气如同小兔子在周身上下乱窜，提不起内力，只得勉强用剑鞘挡住要害，又向后退了两步。

咣当！

那道黑影迅速关上铁门，抬手闪电般连加三把锁，吹入水银封死锁眼，这才拍拍手笑道："大功告成。"

原来此人竟是深藏不露的汪使者，而他使的竟是失传已久的混元铁涛功！

"哇"，耿狄喷出一口鲜血，神色萎靡地盘腿坐下。水婷这才知道他受伤不浅，连滚带爬过去以掌心输入内力，助他调整气息。

楚千里收好长剑站到铁门前，缓缓道："耿儿，把人皮除掉，为师已经认出你了。"

"耿儿？"

水婷一愣，然后眼睁睁看着耿狄费劲地撕掉面具，露出一张比原来英俊、睿智的脸，不由抽回手，心里怦怦乱跳。

"徒弟拜见师父，"耿狄道，"徒弟不肖，竟与师父动手。"

汪使者也很意外，眼珠骨碌碌乱转，不知想些什么。

"人皮面具只能遮挡容貌，无法掩盖人的气质和行事风格，第一次见面为师就起了疑心，"楚千里道，"但你那招太行剑式使得太娴熟，令为师难以确定，同时也想不通被关入天牢的你为何突然出现在南京。"

耿狄声音颤抖地说："徒弟也想不通师父何以挟持皇帝。"

楚千里长叹一声："官逼民反，明白吗？"

"不……不太明白。"

"先说你吧，怎么从天牢里出来的？"

"说来话长……"

香山那个夜里，耿狄亲眼看着小师妹跳下悬崖，悲痛欲绝，发了疯似的冲过去想和她死在一起。未料刚跑了一半草丛里陡地冒出几个人将他扑倒在地，然后用金刚索紧紧缚住。原来江彬命人在谷口燃起篝火假装休战，暗中派了几名高手趁黑摸过去想活捉两人。

将绑成粽子的耿狄扔到正德皇帝脚下，所有人都屏息听他发出下一道凶残的命令——放虎，放豹，还是放藏獒？

万万没想到正德皇帝只瞟了耿狄一眼，道："把他关进天牢听候审理。"

为什么不像往常一样以残酷的手法处死，而打入天牢，由大理寺和刑部联署审理呢？连江彬都大为意外。有人推测正德皇帝想借公开审理机会立威，警告胆敢公然违抗其旨意的人；也有人分析耿狄毕竟是武状元出身，上过皇榜，正德皇帝有所顾忌。真相到底如何谁也不清楚。

然而正德皇帝始料未及的是，此举竟然捅了马蜂窝，引发一次大规模大臣对抗皇帝的行动。

耿狄被关入天牢第二天，杨一清以老师名义前去探狱，同时也了解案情——正德皇帝在朝会上说得含糊，而江彬则把耿狄描述成十恶不赦的淫徒。当得知死去的秀女竟是耿狄的未婚妻时，杨一清怒发冲冠，花了两天时间邀请一百多名大臣联名上奏，指责正德皇帝"荒唐暴戾，怪诞无耻，迁人妻女，天理难容"，可谓指着鼻子痛骂，完全不把正德当皇帝。可能自登基以来已被骂惯了，正德皇帝并未生气，仅将奏折留中不发。

十多天后审理结果出来了，大理寺和刑部宣布耿狄无罪，当堂释放。听到结果，这回正德皇帝生气了，将主审官叫过来问道：

"这小子协助秀女出逃，杀了内宫六个人，伤十多人，怎么会无罪？难道朕有罪不成？"

主审官面无表情："启禀皇上，民女楚晓铭乃锦衣卫在济南大街上强行掳掠入京，未经内务府验身具名，也不在内宫伺候，并非秀女，此乃其一；其二，耿狄与楚晓铭有婚约在先，而入'豹房'在后；其三，耿狄在楚晓铭遭到追杀时才挺身保护……"

"够了！"正德皇帝终于领教到文官官僚体系的强大，哪怕贵为天子拥有至高无上的权力都无可奈何，气呼呼想了会儿说，"杀人偿命，朕'豹房'的人不能白死，必须对他们有个交代。"

"鉴于耿狄保护民女楚晓铭过程中手段过于粗暴，臣等经会商，拟罚他闭门思过两年……"

"过于粗暴？闭门思过？"正德皇帝差点气歪鼻子，冷冷地说，"谁晓得他闭不闭门？谁负责看管？"

"启禀皇上，杨总制愿为耿狄作保并监督。"

"杨总制不是他的老师吗？"正德皇帝大吼道，一股愤懑情绪几乎要爆发，但瞅瞅主审官木瓜般的脸，顿时泄了气，挥挥手道，"随便吧。"

虽说大获全胜，但毕竟得罪的是皇帝，不宜在京城久留，杨一清便将耿狄托付给弟子乔白岩，督促耿狄做完表面文章，好歹捱下两年时间。

有趣的是耿狄离京时，正德皇帝不知从哪儿得到消息居然跑过去送别，并说以后有机会再向耿狄学习挽剑花。此言一出令在场所有人瞠目结舌，实在搞不清这个没心没肺的皇帝怎么回事。

途经山东时，耿狄曾想到师父家看望一下，但行程太紧未能成行。

听到这里，楚千里脸上抽搐几下，道："不去也好。"

"难道师父受到弟子牵连……师娘、师弟们还好吧？"耿狄不安地问。

楚千里牙缝里挤出四个字："家破人亡。"

十四

为耿狄私自协同楚晓铭出逃一案，正德皇帝虽在坚不可摧的文官系统面前吃了个大大的瘪子，倒也没往心里去——他天性散漫不羁，从没把自己当作高高在上、不可侵犯的天神，反而亲自送行，弄得耿狄不知说什么才好。

可江忻却感觉威风扫地。因为耿狄归他直接管辖，香山之行也是他一手安排，出了这么大的娄子耿狄居然安然无恙，在他看来是说不过去的。不过皇帝宣称还要学挽剑花，倘若暗地里下毒手等于不给皇帝面子，遂将满腔怒火发泄到楚晓铭家人身上。

一个月黑风高的夜晚，楚千里宅院突然火光四起，闻讯赶来救火的街坊邻居被一群蒙面人阻挡，接着对从屋里跑出来的妇孺老人进行屠杀。仓促之下楚千里率领几名徒弟奋力抵挡，然而好汉难敌四拳，哪架得住这帮早有预谋且训练有素的锦衣卫精锐？眼睁睁看着年迈的双亲、妻子、女儿等哀号着倒在血泊之中，楚千里怒吼着、狂啸着，挥动长剑一次次冲杀、搏击，誓与敌人血战到底，最终拼至力竭时被楚晓鹏和一名徒弟浴血护出重围。

那一夜，楚家仅逃出楚千里和楚晓鹏父子，其余十七人全部被杀；在楚家学艺的八名徒弟只一人逃脱，三进三出的宅院被烧得只剩下一堆瓦砾。

"师娘……师弟们……"耿狄回想起一张张亲切熟悉的面孔，难过得说不出话来。

楚千里定定望着徒弟，目光冷峻而锐利："因此为师判断你依然为狗皇帝卖命时，心实在凉到极点，不得不亲自把你打入……死牢！"

原来白莲教主丧命之处竟是死牢，水婷回过神来又握着教主的手哀哀哭泣。

耿狄沉默良久，道："后来师父一定去投奔襄王——弟子满师那天晚上师父在我面前提起过，而后得知皇帝即将南下，设法混入白莲教并攫取大权，伺机挟持皇帝以助襄王谋取帝位，对不对？"

"有何不对？"楚千里颇为惊讶地反问道，"皇帝荒淫无道，沉溺嬉戏，为天下人所诟病，且霸占人妻，导致为师家破人亡，为何不能推举良君取而代之？"

耿狄苦涩地反驳道："良君与否，未登基前焉能分辨？昏君与否，又岂能凭个人得失断言？换个皇帝就能改天换日、歌舞升平？只怕还不如朱厚照。倘使每位有识之士都如师父，看不顺眼就推举良君，哪个皇帝能坐稳江山？太祖杀了那么多功臣，成祖起兵得的江山，历代君主谁无瑕疵？且灭师父之门的是江彬，怎能把账算到皇帝头上？"

"忘恩负义的小子，枉为师一片苦心栽培！"楚千里咆哮道，"你就待在死牢里等着皇恩浩荡吧！"

说完和汪使者扬长而去。

黑暗中水婷一言不发，默默流泪，默默听耿狄运气调息疗伤，等他呼吸平缓时才问："你真想救皇帝？他抢走你未婚妻啊。"

"我救的不是朱厚照，而是大明皇帝。"

这句话对水婷来说有点费解，琢磨了半天道："你的意思是……为了大明江山稳定，百姓安居乐业？"

"也许吧。"耿狄道。

"可我……还是难以理解庄先生……不，耿先生的想法，起码大多数人都会因此憎恨皇帝，继而像你师父一样。"

"一年多来远离喧嚣和官场是非，修身养性、博览群书、潜心思考确实让我明白了很多道理，很多非平时弄枪舞棍所能领会，"他静静地说，"我本是一介武夫，做事但凭直觉，想到什么便不计后果地蛮干，现在回想起来真是汗颜……以营救皇帝一事来说，于公为天下社稷，于私为报答老师、师兄救命和收留之恩，唯独要把个人恩怨放在一边。"

水婷看着眼前既陌生又熟悉的他，浮起一丝别样的情绪，然后说："锁眼被封住，我们恐怕得困死在这里，像教主一样。"

"生死有命，富贵在天。"

说完八个字，耿狄像大彻大悟的教徒闭目冥思。

漆黑之中不知过了多久，水婷打破沉默说："说说话吧，我害怕。"

"嗯。"

"在想念小师妹吗？"

耿狄没头没脑说："你很像她。"

"哪儿像？"

"说话，还有笑的样子都像。"

水婷微微向他靠了些，幽幽说："可你对我很凶耶，动辄拿剑吓唬人。"

他笑了笑："其实你明知我不会杀你……我下不了手。"

"因为小师妹？"

"你本来就是很可爱的女孩。"

话一出口他顿时觉得突兀，黑暗中两人都涨红了脸，幸亏彼此看不见。正在尴尬之际，外面陡地传来"噼里啪啦"的打斗声和吆喝声，过了会儿又有惨叫声和倒地声。

"来救我们的？是不是你的朋友？"水婷惊喜地说。

耿狄冷静地说："哪有这等好事？应该是江彬手下的锦衣卫。"

"那怎么办？"她一下子陷入绝望中，"落到这些人手里还不如自行了断。"

他略一沉吟，道："附耳过来，听我安排……"

三名锦衣卫一路砍杀冲进地牢，火把照耀下发现死牢铁门和上面挂的三把铁锁，也注意到锁眼被水银封死，扒在铁栏杆上朝里面张望，只见一具尸体趴在地面，角落里隐隐坐着个人，但光线太暗看不清楚。

"喂——是不是皇上？"一名锦衣卫叫道。

为首的敲一下他的头："哪有这样跟皇上说话的！"他整整衣服，"属下前来恭迎皇上！"

死牢里毫无反应。

"皇上，皇上——"三人扯开嗓子叫道。

还是没有动静。

按说这等大事应在第一时间逐级报告，但救下皇帝是奇功一件，三人均存在私念，不想太多人参与，遂站到一边嘀咕了会儿，找来两块石头轮流砸。砸了半晌，"咣当"，总算把锁砸开了。

几个人正打算进去，蓦地从里面冲出一条黑影，剑光暴掠瞬间两名锦衣卫倒地，剩下一人连兵器还别在腰间，哪里抵挡得住？两个回合就被拿下。这时水婷也跑出来，与耿狄一起脱下他们的服装换在身上。火光下她除身形略有点矮外，其他倒也像模像样。

两人钻出假山，迎面撞到一名虬髯豹眼的大汉喝问道："里面怎么样？"

幸亏耿狄在"豹房"时熟悉锦衣卫建制和内幕，识得不同佩饰代表的身份，当下垂手恭敬地说："回副千户大人，下面是空的，连鬼都没有。"

"哼，去吧。"

院子里乱糟糟的到处是锦衣卫和东厂厂卫，有的在搬家具、古玩器具，有的吃力地抬着箱子，有的趴在屋檐墙角处搜查，两人凭着锦衣卫衣服有惊无险溜出去。

一路上耳边不时听锦衣卫们谈论"匪首潜逃"，看来楚千里、汪使者等人都逃脱了。经过竹屋，几十名教徒双手抱头半蹲在空地上，耿狄特意留心看了下，没发现楚晓鹏，这让他多少觉得安慰。

出了十里窝，两人不约而同躺到草地上休息。这一夜从连闯三关到惊险突围，简直一波三折惊心动魄，连耿狄都有心力交瘁之感。

"接下来怎么办？"水婷问。

"你说呢?"

"找到容白花藏身之处,把皇帝交给你,"她一脸凝重,"白莲教落入奸人之手形同解体,这么做倒也无妨,不过你必须答应我一个条件——倘若我有机会为教主报仇,你不准阻拦!"

耿狄倒吸一口凉气:"你……想刺杀我师父?你是他的对手吗?"

"你别管,凡事皆有可能,你就说答不答应?"

"我不会出手相助,除非你遇到危险。"

水婷笑靥如花,沾满灰尘的脸格外俏丽:"很公平,成交!"

两人的手轻轻握了一下,耿狄随即问:"在哪儿?"

"九曲塘。"

"就在寿山与瞿霞山交界处?"

"是的,从青龙山西侧绕过去,差不多一天半行程。"

耿狄似笑非笑:"不会再骗我吧?"

"你也骗过我,彼此彼此。"水婷回敬道。

尽管夜里调息静养了几个时辰,但汪使者那记掌风还是在内腑留下暗伤,稍稍用力就咳嗽不止,因此两人走走停停,至日落西山还没出青龙山山界。

"再歇一晚就好,明天加紧赶路。"耿狄说。

水婷倒无所谓,四下走了一圈突然高兴得跳起来:"有潭泉水!太好了,浑身脏兮兮的腻得难受,正好洗一下!"

当下不管三七二十一便脱掉衣服跳入潭中，身体被清凉的泉水浸润，惬意地叹了口气，玉臂轻舒在水里游了两个来回，这才想起耿狄，连忙扬声道："替我在外面守着。对了，你也不准偷看喔。"

耿狄抱着剑鞘倚在离水潭十多尺的岩石上，懒洋洋道："天色这么黑，看也看不清楚，放心洗吧。待会儿我也下去冲一下。"

放松精神，他很快迷迷糊糊睡着了，然后突然听到水潭那边传来激烈的水花声，过了会儿水婷尖叫道：

"快来……救命啊！"

声音惊恐而绝望，似遇到了非常大的麻烦，他立即蹿起，三步并作两步跑到潭边，昏暗的天色里隐约可见雪白的身子正在浪花里翻腾，好像与什么东西在搏斗。他大喝道：

"我来了！"

"扑通"跳入潭中，游到她身边定神细看，并没有想象中的怪兽大鱼之类。正诧异间，她带着哭腔道："蛇……蛇……在我脚上……"

原来几条水蛇不知何故缠绕在她脚踝上，她徒劳地在水里扑腾却不敢碰，自然甩不掉了。

他忍住笑一把抄住她双脚，三下五除二扯开水蛇扔到岸上，她身体失去平衡倒转着倚进他怀里。他单手揽住，却发觉她身无寸缕，触手间滑腻柔软，温润可人，当下一呆，丹田处"轰"的一声，熊熊烈火在体内弥漫，另一只手也不禁围上来，将她紧紧搂住。

从"豹房"到南京一年多苦行僧生活，耿狄实在压抑到极点，加之近日一直在紧张、血腥的奔波中，需要一场酣畅淋漓的发泄。在十里窝外大树上他便有所心动，当时形势所迫没继续行动，如今天上掉下来的机会，焉能错过？

"哎——"

她意识到刚解除小麻烦，随即陷入更大的麻烦，想要挣扎，被他双臂箍住哪动弹得了半分？想张嘴抗议，却被他嘴唇逮个正着，神志顿时有些迷糊。

几天来她与耿狄相处得磕磕碰碰，回想起来并不愉快，他冷淡的时候居多，且动辄拿剑威胁她，可不知为何——或许在容白花身边见了太多脂粉气和花心男子，反而被耿狄身上特有的硬气和强悍所征服。当他徐徐撕下原本呆板木讷的人皮面具，露出英俊的面孔时，她发觉自己居然喜欢上了他……

但不是现在，也不是这样轻易被他俘虏。

可她分明一点力气都没了，全身软绵绵像喝醉了酒，只隐隐感到被他抱上岸，再隐隐感到被他平放在柔软的干草上，然后一双大手在她胴体上游走，还有火热粗野的唇。她完全迷失了，呻吟一声，魂儿早已飞上九霄云外……

十五

南京城被数重山脉环绕，易守难攻，蕴龙虎帝王之气，寿山与瞿霞山则处于山脉外缘，出了山区便是安徽地界，中间隔着一道江北军营重兵把守的清憨关。

传说宋朝王安石贬官江南时，曾在九曲塘吟诗作画，怡情养生，当年饲养了数百只白鹅，每当风和日丽之时，湖光水色与鹅影相映成趣，常常引得他诗兴大发，写出很多脍炙人口的作品。

对正德皇帝来说，大老远跑到九曲塘附庸风雅实在不是他的风格——他在位十多年从未留下一篇诗赋，字也写得令人不敢恭维，究其原因无非为美色所惑。在讨女人欢心方面，正德皇帝从来不辞劳苦。

由于担心楚千里和汪使者捷足先登，根据水婷的建议，耿狄沿九曲塘绕了大半圈，一来防止有伏兵，二来熟悉周边地形。他有种预感，江彬很快会追过来的。

昨晚缠绵缱绻后，水婷嘤嘤哭了大半夜，像受了天大的委屈似的。耿狄从未碰到过这种情况，急出几身汗，比跟锦衣卫生死搏斗还累，但最终她还是伏在他怀里睡了，睡得非常安稳、非常香甜。凌晨天色泛白时两人醒来后立即赶路，水婷没事似的说说笑笑，绝口不提昨晚的事，倒让耿狄有些忐忑，似乎亏欠她什么。

可他能给她什么承诺？又能给她怎样的未来？他不知道。

"前面有条小路直插九曲塘'赏鹅亭'，一炷香工夫就能到。"

水婷指着右侧悬崖边的草丛道，耿狄点点头仗剑抢到她身前。两人默默走了一段路，他忍不住停下，扭头面带歉意道：

"其实我……"

她打断他道："我知道你想说什么，但现在不需要……一切等救出皇帝再说。"

耿狄涨红脸："只希望姑娘不要误以为在下是色中饿鬼，昨晚也非蓄意……"

她脸飞起两朵红晕，咬着嘴唇跺脚道："叫你别说偏要说，快走！"

又走了会儿，耿狄脚下陡地一空，身体直往前面栽。

糟糕，是陷阱！

他脑中闪念，以剑尖撑地勉强向上跃起。刚离地半尺左右，草丛中蓦地飞出一道乌光直袭他腰际，正是耿狄全身无从借力的空当。紧急关头水婷奋不顾身扑上前，以刀柄将乌光碰歪到一边。

袭击者停下身形，收起乌黑的峨眉刺愤愤道："果然是你这小妮子吃里爬外！"

"秦香主！"水婷惊叫道，立即悟出原委，"金陵分坛被剿时你不在那儿，其实是跑到这儿保护容白花的，对不对？"

秦香主并不在意她的问题，沉着脸打量一番耿狄，再细细审视水婷的脸，目光在她眉目间转了几个来回，冷笑道："我说怎么回事，原来小妮子已失身给这小子，难怪豁出命来救他，哼哼！"

水婷被挑破隐秘羞得满脸通红，耿狄却利用时机猝然出手，与秦香主战成一团。

秦香主乃峨眉剑派掌门大弟子，却大胆革新，化剑为兵器中的冷门峨眉刺，既可使剑招，又能做出刺、穿、挑、绞、扣等技法，常常起到先声夺人、出其不意的效果，在江湖小有名气，在白莲教内武功也仅次于教主，故而担任核心位置的金陵分坛香主，同样也为楚千里器重并暗中收买，此次负责最重要的保护兼看守正德皇帝的任务。

耿狄得益于"豹房"的经历，在那里见识过诸多武学名家及各类奇兵利器，几个回合下来便适应了峨眉刺的打法，守中带攻，渐渐占据场面主动。所谓棋高一着缚手缚脚，秦香主越打越心虚，自忖凭真本领不是耿狄的对手，偷偷瞟了一旁聚精会神观战的水婷，心生恶念，陡地玩命似的连连抢攻将耿狄逼退半步，腾出空当后鬼魅般扑向水婷。

水婷似乎早有准备，双手扬出一大团沙土。秦香主仓促之下避无可避，眼中进了不少沙子，又痛又胀，什么都看不见，赶紧以峨眉刺护住后心，另一只手去揉眼睛。手尚未碰到脸，只觉得胸口一凉，水婷的刀贯穿前后心，遂当场毙命。

"白花，看朕又钓到一条大鱼。"

远处隐隐传来清朗洒脱的笑声，两人相视一眼均喜上眉梢：皇帝！皇帝果然在这儿！

贴着悬崖拐过去，前面是一汪弯弯曲曲似九曲回肠的湖泊，湖边有亭，正德皇帝正优哉游哉坐在亭外礁石上垂钓，容白花则在离他十多步处，半身浸在湖水里洗头，乌黑油亮的长发与碧澄见底的湖水形成鲜明的对比。

耿狄一个俯冲跳下七八丈高的山丘，疾走几步来到亭边，几天来的出生入死、历经磨难只化为一句话：

"草民耿狄叩见皇上！"

正德皇帝回头瞧了瞧，抛开渔竿拍掌笑道："原来是耿状元，也来这儿散心呐？过几天教朕挽剑花如何？"

耿狄躬身道："乔大人正四下寻找皇上，急得满头白发，请皇上先移驾回城。"

"白花，人家催着回去了，怎么办呢？"正德皇帝笑嘻嘻问。

容白花抬头瞟了耿狄一眼，耿狄胸口一震，宛如压了块千斤巨石，呼吸停滞，脑中一片空白，只翻来覆去一个念头：

世上竟有如此绝色美女！

容白花眉头轻颦，不明白这个男子从哪儿冒出来的，负责暗中保护的秦香主又跑到哪儿去了。正左右为难，眼角瞥见水婷纤细的身影倏尔一闪，定下心来，微笑道："若皇上玩腻了，回城便也无妨。"

正德皇帝大摇其头，指着湖水道："青山绿水，绝世佳人，岂有玩腻之理？朕恨不得和白花在此安度一生，恩恩爱爱，白头偕老，"随即看看对面伫立不动的耿狄，又笑道，"可这样一来京城那帮臣子不知要把朕腹诽到什么程度，再派若干人天天来此聒噪，辜负眼前美景……耿状元先在这儿住下，明天再说吧。"

跟皇帝不能讨价还价的，能答应考虑就不错了，耿狄只得领命退到一旁。

眼看日落西山，正德皇帝又钓了几条大鱼，开心得眉飞色舞，揽着容白花一步三摇地回到百步远的银凤阁。耿狄自然不敢在皇帝眼皮底下活动，便将赏鹅亭作为临时住所，虽然四面透风备受蚊虫叮咬，但比前两个晚上好多了。

天色全暗下来后，水婷悄悄摸到赏鹅亭，一声不吭依偎到耿狄怀里。他怜爱地抚摸着她的秀发，两人沉浸在难得的温馨和宁静中。

"容白花好看吗？"她问。

"嗯。"

"嗯什么意思，好看还是不好看？"

"套用你的话，卿本佳人奈何作贼。"

她叹了口气："其实她的命很苦……秦淮河畔每位歌妓都有不堪回首的过去，否则哪个愿意过这种强颜欢笑、逢场作戏的生活？本来右护法承诺干完这件事就赏给一笔重金，让她回江西老家找个厚道人嫁了，过不施脂粉的百姓日子，如今知道他真实身份，承诺恐怕是空中楼阁，能否善终都难说……"

"只要皇帝答应明天回城，我会设法安排她安全出城，至于……"说到这里他警觉地站起身朝银凤阁方向张望。

"出了什么情况？"

"好像有人……"

话音未落，银凤阁四周突然燃起熊熊火把，十多个蒙面黑影冲入阁中架起正在享用美味的正德皇帝，容白花尖叫一声昏倒在地。

"她怎么办？"有蒙面人问。

为首的拿脚尖踢踢她艳丽动人的脸，顿了顿道："可惜水灵灵的美人儿，留她一条性命吧。"

说罢手一挥，将正德皇帝装入布袋急速撤离。

等一群人消失在夜幕中，躲在灌木丛里的水婷悄声道："追不追？他们人多势众呢。"

"你留下，我去。"

她紧紧拉着他的衣角："不，我陪你去。"

这个细微的动作不经意间打动了他，当年小师妹也经常拉他的衣角提各种刁钻古怪的要求——

"好吧。"

正如当年面对小师妹的无奈，他无法拒绝。

蒙面人扛着布袋来到数里外的望江河——秦淮河支流，河面上停泊着一艘金枝银钩的三桅花舫，船舱里燃着数十支牛油蜡烛，照得四下亮如白昼。

"扑通"，布袋被抛到甲板上，把正德皇帝摔得七荤八素。随后有人手持灯笼打开袋口，正德皇帝眼前全是刺眼的亮光，看不清对方面孔，含糊地问：

"谁？"

那人不吱声，手一挥，旁边有人重新扎好布袋，将正德皇帝背到最下层船舱贮货室，又一抛，随即反锁好门。

甲板上，十多名蒙面人齐齐摘掉头巾，躬身道："恭喜江公公大功告成！"

江彬也一把除掉头巾抛到河里，对着夜空放声大笑，笑了好久才说："起锚，即刻回城！"

回到上层船舱，打开右侧不显眼的密舱，里面太师椅上赫然坐着位中年文士，微笑道："虽有波折，毕竟还是控制住了局面。"

"让袁长史费心了，"江彬难得客套道，"眼下皇帝在我等之手，锦衣卫和东厂业已控制南京城各处要害，就等兴王一声令下！"

袁宗皋笑了笑，悠悠呷了口茶，起身掀起帘子看着幽暗的河面，好一会儿才说："兴王无令可下。"

"啊！"江彬瞠目结舌，感觉一个脑袋不够用，"袁长史的意思是什么都不做？那咱们辛辛苦苦把皇帝捉来有何用？兴王怎么登基？"

"奥妙就在这里，"袁宗皋道，"据我所知目前连同我们在内至少有三股势力集结在南京城，襄王气势汹汹，靖王蠢蠢欲动，都意在大位啊，在此敏感之际倘若贸然行动，势必引得群起而攻之，名不正言不顺，最终将落得与宁王相同的下场！"

江彬倒吸一口凉气："原来如此……那么把皇帝捉在手里岂非成了烫手山芋，放不得又杀不得？"

袁宗皋笑了："这倒不是，眼下谁握有皇帝谁就占据主动权，因为……上策是由他亲笔写退位诏书，然后大印不是在公公手里吗？盖个章就行了……"

"这个好办，这个好办。"江彬喜形于色。

"中策是兴王获群臣拥戴，这种情况下皇帝生死已无碍大局，随便找个理由把他杀掉就行了。下策是宣布皇帝暴亡，而兴王为钦定皇储……"

"这个更好办，袁长史为何认为是下策？"江彬听得心痒不止。

袁宗皋叹了口气。"因为　钦定皇储须得皇太后及内阁共同认可，比群臣拥戴要难得多，万一有人存心阻挠便会拖很长时间，因此……"

江彬眨巴着眼睛，平时只懂得蛮干动粗的他实在摸不透对方葫芦里卖的什么药，搔搔头道："以袁长史的策略，接下来我们该怎么办？皇帝性子有点浑，若偏起来不进饮食，顶多撑三四天。"

"四天不够，至少要十天，"袁宗皋深思熟虑道，"江公公明早发密信通知驻扎在方山的团营进行佯动，试探乔白岩等人的反应……"

"倘若他命令江北大营左右夹击呢？"

"证明王府派往京城策应的人还没成功，我等必须立即将皇帝转移出南京城，到兴王府控制的地盘逼他下罪己诏，宣布引咎退位。倘若乔白岩无动于衷，我等也按兵不动，静候来自京城的好消息即可。"

"很好，嗯，不对，"江彬突然想到一个极为关键的问题，急急问道，"所谓京城，袁长史应该指杨廷和、杨一清那班大臣，可都是视我为眼中钉肉中刺，恨不能生啖其肉，怎会……怎会跟我坐到一条船上？"

袁宗皋微笑道："他们忌惮的并非江公公，而是锦衣卫指挥使、东厂首领。"

这话好理解，江彬道："是不是兴王府已与那班人达成默契，只须我封王拜侯并拿到免死金牌后远离京城，他们绝不会为难于我？"

"一朝天子一朝臣，他们以后是否仍在位上都很难说。"袁宗皋笑得意味深长。

"是啊，是啊……"

江彬若有所思，后背无来由地腾起一股寒意。

十六

"唰——"

耿狄悄无声息浮出水面，右手搭在船身缝隙处，嘴里衔剑，一寸寸向后侧移动。刚才在密室下方正好偷听到江彬与袁宗皋的谈话，使他意识到在船上救出皇帝的紧迫性，否则转移到岸上后锦衣卫、东厂重兵防守，单枪匹马很难得手。

贴在船沿在水里漂了三四里，趁花舫拐弯速度放缓之际，他敏捷地从船尾跃上去，动作之轻连站在不远处放哨的锦衣卫也误以为飞虫落地，都懒得瞧一眼，转瞬被耿狄扑上去扭断脖子，"扑通"扔入河里。

在岸边监视时已看清正德皇帝被押到下层船舱，耿狄灵巧地避开游哨，蹑手蹑脚闪到最下层贮货室，上面挂着把大铁锁。这自然难不倒他，三五下便开了锁，轻轻开门进去，快速解开布袋，悄声道：

"皇上，皇上辛苦了。"

蓦地布袋里伸出只铁钳般的手扣住他脉门，紧接着黑暗中三四个大汉扑在他身上，转眼间将他绑得严实！

当锦衣卫将他重重扔到江彬脚下时，江彬放声大笑，带着不加掩饰的得意和嚣张，用靴尖碰碰耿狄的脸，尖声道：

"耿状元，哈哈哈哈，没料到终有一天落到我手里吧？"

耿狄脸贴在地板上不吭声。

"在十里窝本官是故意放你一马，不然凭你们两个岂能顺利溜出去，真当咱锦衣卫是吃干饭的？而后一路跟踪到九曲塘，终于找到皇帝……嘿嘿，耿状元厥功甚伟啊……之后本官料到你要劫船，有意当你的面把皇上关入贮货室，却不知过了会儿又悄悄调包，果然引得耿状元入毂，嘿嘿嘿嘿！"

原来逃出十里窝后，自己的一举一动都在对方掌握之中！想到这里耿狄不由一惊：他与水婷的缠绵也落入锦衣卫眼中吗？或许天色太暗看不清吧。他脸上一阵发烫。

"怎么处理你呢，耿状元？"江彬似非常为难，"当年你偕秀女出逃，杀掉本官多名手下，审讯时又让本官折了面子，论罪当诛；可今儿这事你帮本官解决了大大的难题，本官倒有点舍不得杀你……"

正说得高兴，突然间"嘭"一声巨响，船身剧震，摆动幅度之大使船舱里包括江彬在内都摔倒在地，外面喧哗声一片，似遭遇了意外。

"怎么回事？！"

江彬狼狈不堪地爬起来吼道，还未站稳又是"嘭"一声，这回倾斜角度更大，江彬栽了个狗吃屎，暴怒万分。

还是袁宗皋保持着冷静，厉声喝道："快去保护皇上！"

几名锦衣卫连滚带爬出去的同时，一名东厂厂卫滚进来叫道：

"禀……禀公公，两……两艘大船在夹击我们……"

"什么？简直是太岁头上动土！"江彬怒吼道，回应他的是更猛烈的撞击。

两艘船均有备而来，船头包了尖利的铁板和铁刺，并配有威力巨大的抛石机，接二连三抛出的石块将花舫甲板上的人打得鬼哭狼嚎，溃不成军。经过十多次猛烈的进攻，花舫已被撞得龙骨变形，船舷四周处处漏水，船身慢慢往下沉。

在锦衣卫手忙脚乱的努力下，堪堪在花舫即将翻倒前靠岸，"哐嚓"，花舫重重砸在岸边，摔得晕头转向的江彬忙不迭指挥手下将正德皇帝装入布袋扛出船舱。刚走了十几步，岸边树林里冲出几十名蒙面大汉，举着明晃晃的大刀一阵冲杀，混乱中抢走了正德皇帝。

"快追——"江彬急得眼珠差点爆出来，命令浑身水淋淋的锦衣卫和东厂厂卫向前包抄。双方在不远处的小山丘展开血腥搏杀。

花舫第六次倾倒时，被五花大绑、蜷在角落无人注意的耿狄趁河水漫入船舱之际，双脚用力摆动从窗口窜入河中，然后依靠身体大幅度摇摆和频繁换气，一点点向河岸挪动。在脚尖踮及坚实土地的瞬间，一双柔软的小手将他拉上岸。

原来水婷一直沿着河岸密切关注花舫上的动静。

割断绳索，坐在草丛里喘息了会儿，两人贴着河岸线从侧面绕过去，正好看到蒙面大汉们以山丘为屏障，组成一道血肉防线，抵御着江彬手下一轮接一轮进攻，每倒下一个随即有人填补上前，全然无惧呼啸在空中的刀光剑影，整个山丘仿佛成了血淋淋的绞肉机。

山丘下，汪先生肩头扛着正德皇帝，在楚千里、楚晓鹏父子的掩护下急急向东狂奔。

"抱紧我！"

耿狄将水婷负到肩上，深深吸了口气，身体蓦地跃起，蜻蜓点水般从正在鏖战的双方头顶上轻点几下，疾风般越过小山丘，黑鹏似的飞扑向汪先生等人——这是耿狄在"豹房"学到的轻功绝学"梯云纵"。

楚千里父子不约而同掉转身体，两柄长剑指着耿狄。耿狄放下水婷，一点一点地抽出剑来。

"畜生，你当真要跟师父动手？"楚千里喝道。

耿狄默不作声，却将剑身举至胸口。这在重剑派内部意味着比武较量。

楚晓鹏愤愤道："好个忘恩负义的东西，我来收拾你！"

说罢抢先跳到前面抬剑便攻，耿狄沉声道"师兄得罪"，旋即展开反攻。两条人影裹在白茫茫的剑影里难分敌我，只隔了一会儿，就听见"哎哟"，楚晓鹏捂着大腿踉跄倒地。

见爱子受伤，楚千里大吼一声扑了上来，耿狄连招呼都来不及打又投入第二场战斗。

楚晓鹏与耿狄差距在剑术境界方面，同样的招数，楚晓鹏虽使得中规中矩不差丝毫，终显得过分匠气，缺少耿狄的灵动与变化，故而三个回合便败下阵来。楚千里境界略胜于耿狄，但已过了武学巅峰状态，体力和反应均大打折扣，加之耿狄在"豹房"博学众长，实力已在师父之上，可谓青出于蓝而胜于蓝。

眨眼间二十多回合过去，楚千里额头见汗，呼吸逐渐粗重，浊气上拥，内力便不再精纯，剑招隐隐缓下来。耿狄趁机抢攻数招，争取到有利位置。

"小心！"水婷在旁边大叫道。

与此同时鬼魅般的黑影猱身而上，带着雄浑的掌风扑向耿狄。耿狄不假思索收剑撤身，抬起左手与黑影相击一掌。

"嘭！"

"啊呀！"

耿狄被震出四五步开外，月光下汪使者抬起手掌，只见掌心多了个圆圆的小洞，血流不止。

"你……手里有暗器？"汪使者痛得全身颤抖，指着耿狄问。

十里窝死牢门口，耿狄在汪使者使出的混元铁涛功下吃了大亏，后来反复琢磨破解的良策，决定以利器破其气，于是将铁戒指稍加改动，中间竖起一根铁刺，平时向外戴，交手时向内戴，汪使者猝不及防中了道。

饶是如此，混元铁涛功浑厚而怪异的掌力还是让耿狄受了暗伤，不得不分出一部分内力调养内息。楚千里借机大举进攻，以绵密细悠的剑雨将耿狄罗织其中。耿狄咬紧牙关奋力抵挡，但终究内力不足，撑至第九个回合被楚千里强行突破防线，一剑扎在右大腿上。

"这是还鹏儿刚才的一剑，"楚千里森然道，"接下来该算算师徒之间的账了！"

说罢大步上前刺出连环三剑，耿狄躺在地上格开两剑，手臂被震得酸麻，无论如何都抬不起了，只得眼睁睁看着剑尖直刺胸口。

"铮！"水婷冲过来格开必杀一剑，但手中的刀却被震到几步开外。

"这是何苦，白送一条性命。"

耿狄温和地责怪道。水婷也不说话，只是紧紧搂着他，虽赤手空拳脸上却毫无惧色。

楚千里见状似乎有所触动，剑尖微微颤动，始终没有刺下。

"快杀了他们，带皇帝一起离开！"汪使者催促道，"楚先生便是奇功一件！"

楚千里还在犹豫，耿狄和水婷则从容地闭上眼睛。过了令人窒息的片刻，楚千里突然收回长剑，道：

"徒弟如我儿，虎毒且不能食子，你们走吧！"

"师父——"耿狄吃惊地睁开眼，随即看到猛扑过来的汪使者，连忙提醒道，"师父小心！"

可惜已经晚了，"啪"，汪使者一掌重重击在楚千里后胸，楚千里嘴里喷出血箭，在地上滚了四五个筋斗，奄奄一息。

"三心二意者，难成大器！"

汪使者狞笑道，本想继续杀了耿狄以绝后患，但刚才出手已凝全身之力，此时气血翻腾力有未逮，只得倒退几步掌心按在布袋上，一步步向后撤。耿狄挣扎着起身，却因失血过多又摔倒在地。他扭头想让水婷追击，陡然发现她已捡起刀狠狠砍向楚千里！

"水婷！"

她的刀停在半空，犟着脖子道："你答应过我不阻拦的！"

"他刚刚饶过我们俩！"

"可他杀了教主，我必须报仇！"

"水婷……"耿狄只觉得眼冒金星，天旋地转，停顿片刻虚弱地说，"我……我求你放过我师父，好……好吗？"

水婷看看楚千里，又看看耿狄，如此反复几个来回。不远处楚晓鹏紧张地瞪着她，随时准备扑上前同归于尽。

慢慢地，她的目光越来越柔和，终于移开刀锋道："我不想你一辈子恨我，因为我想……"

她的脸一红没继续说，任由楚晓鹏挎着剑鞘搀扶起楚千里，步履蹒跚地朝大山深处走去。

小山丘上的火拼仍在继续，汪使者则拖着装有正德皇帝的布袋沿着河岸撤退，数里外河面上一艘大船满帆急驶而来。

"还是让他得手了！"看着汪使者的背影，水婷心有不甘。

耿狄苦笑，长长叹了口气。

就在接应的大船离汪使者还有四五丈距离的时候，空中"嗖"地掠过一支响箭，接着"嗖嗖嗖"，响箭越来越多。汪使者警惕地四下张望，抽出腰间利刃打算挟正德皇帝为盾牌，这时一支硬箭"唰"地射穿他胸口。汪使者张大嘴，右臂仍伸向布袋，"唰唰唰"，七八支箭射在手臂上。

倏尔间，汪使者身中数百支箭，被扎成刺猬的模样，接应船只见势头不妙立即撤帆顺流而逃。

河面上突然驶出数百条轻舟，迅捷无比地靠到岸上，船上盔甲鲜明的军士鱼贯而下，源源不断足有四五千人，将整个战场围得水泄不通，为首者正是南京兵部尚书、九城守备乔白岩。

解开布袋，乔白岩率众跪下，朗声道："臣等救驾来迟，请皇上恕罪。"

正德皇帝从迷茫、恐惧、混乱中清醒过来，扫一眼面前跪倒的数千人，又抬眼瞟了瞟飞奔而来的江彬，微笑道：

"很好，很好……"

听到这里耿狄悬了十多天的心终于落下来，心神一松，随即昏迷过去。

十七

耿狄苏醒过来已是第二天中午，首先映入眼帘的便是水婷关切而焦急的脸，然后看到头顶精致生动的雕梁。缓缓转过头，原来躺在乔白岩私宅卧室，正德皇帝沉着脸站在门口，乔白岩、郑懿德陪在左右，三个人窃窃私语在谈论什么。

不等耿狄问，水婷悄悄告诉昨晚的原委：江彬率大批人马赶往九曲塘，引起乔白岩警觉。关键时刻郑懿德的远房亲戚冒险透露可能发现了皇帝的踪迹，乔白岩立即调兵遣将，抢在汪使者与接应船只会合前救下皇帝。

"容白花呢？"

"与你师公师兄一样，不知所终。"

"哦——"耿狄放下心来。

"师弟醒了，"乔白岩转身过来笑道，"此次师弟立下奇功，皇上正考虑如何封赏于你……"

正德皇帝扬声道："还有昨晚的事，耿状元须得如实禀报，江彬到底是想救朕，还是意在挟持？朕只知道被挟到一只船上，究竟是襄王府的船，还是江彬的船？"

耿狄深吸一口气："启禀皇上，草民亲眼所见乃江彬的花舫，而且亲耳听到他与兴王府袁宗皋图谋造反……"

"好大的胆子！"正德皇帝怒道，"速派人把江彬拿下！"

乔白岩道："皇上，昨晚打扫战场时河面上只有两艘船，上面均为襄王府的标记，并未发现第三艘船，更没有花舫。"

"啊！"耿狄觉得不可思议。

正德皇帝手一劈，果断地说："调御林军，朕要亲自过去看看！"

乔白岩点了数千人马护送正德皇帝快马飞驰到昨晚激战的地点，果然河面上停泊着两艘撞得伤痕累累的大船，没有花舫，也没有沉船后留下的碎片等痕迹。

"那撞船是怎么回事？"正德皇帝狐疑道，"难道自家两艘船互掐？"

乔白岩沉吟片刻道："眼见皇上被擒，襄王手下因争夺头功而内讧并非没有可能，最终楚千里不是被汪使者打成重伤吗？"

"有道理，人为财死鸟为食亡，"正德皇帝嘟囔了一句，而后展颜道，"朕也想江彬向来忠心耿耿，怎会做对朕不利的事？估计耿状元受伤之后有些糊涂……这事儿就算了，以后不得再提。"

"臣等遵命。"

乔白岩、郑懿德恭恭敬敬应道。

躺在病榻上的耿狄听到这个结果，吃惊得无以复加，明明是亲眼所见的事，为何变成错觉？水婷一直在岸边也可以做证的。

乔白岩拍拍耿狄伸到被子外的手，微微叹了口气转身离开。在他前脚刚迈出门槛的刹那，耿狄突然叫道：

"是你干的！只有你有这样的能耐，一夜之间清理战场，把花舫拆得尸骨无存！为什么保护江彬？明明是他策划挟持皇上并协助兴王篡夺皇位！"

"噤声！"

乔白岩低喝道，旋即关好门窗，走到床边，字斟句酌道：

"皇上安然无恙，你我二人均护驾有功，一场天塌下来的大灾难化于无形，这不是最好的结果吗？"

"可是江彬……"

"不错，他是坏到骨子里的恶人，人人都欲除他而后快，然而很多事不像师弟想象的那么简单，牵一发而动全身，需要耐心等待时机，明白吗？"

耿狄与水婷对视一眼，两人脸上均似懂非懂的样子，隔了很久才说："不明白，但……我不再提了。"

乔白岩浮起笑容："明天皇上要与我商谈赏赐你的事，无论官爵财物都可以提，今晚之前师弟务必把想法告诉我，这样讨论时我心中有底。"

耿狄闭上眼疲倦地说："我……不想当官，那样太累，不适合我，我只想择处山清水秀的地方平平安安生活，还有她……"

他握住水婷的手，她娇羞地低下头。

"对平民百姓来说哪里都没有乐土，除非有这身官服庇荫，"乔白岩弹弹衣服，自嘲道，"官做得越大欺负你的人越少，可万一栽下来将有灭顶之灾，否则山清水秀之处挤满清逸闲人，谁愿意当官？仔细想想吧，别错过良机。"

第二天上午兵部操练场上，叛王朱宸濠被当众释放，仅仅隔了一会儿旋被正德皇帝"亲手活捉"，重新关进大牢，完成了正德皇帝南巡的"平叛秀"。之后正德皇帝龙颜大悦，在乔白岩的提议下赏赐耿狄白银五千，外放四川健扑营步军守备。

很多人私下替耿狄不值，认为立这么大的功劳虽说换得正五品，但四川地偏人稀，路途遥远，特别是在京官们眼里简直跟流放差不多，暗自揣测乔白岩皮里阳秋，担心这位师弟会威胁到他的位置。

事实上乔白岩冤得很，去四川完全是耿狄与水婷商量后的想法，初衷便是天高皇帝远，远离诡谲莫测的权力斗争。

耿狄动身赴四川上任那天，正德皇帝也离开金陵，数万军队排成长龙，所到之处尘土飞扬，道路两侧挤满大大小小前来饯别的地方官员。乔白岩策马挺立在南京城门口，看着远去的人流，眼里露出复杂的情绪。

耿狄和水婷抵达武汉的第二天，正德皇帝在清江浦钓鱼时"不慎"失足落水，虽被手下及时打捞上来，但水呛入肺加之惶恐惊悸，身体便每况愈下，回到京城"豹房"后卧床不起。

一个寂静的夜里，在来不及通知任何人的情况下，正德皇帝在"豹房"寝室里静静地死去，当时只有两名老太监守在床边。

得到皇帝病逝的消息，首辅杨廷和迅速连同皇太后发布所谓皇帝遗诏，曰：

"朕疾弥留，储嗣未建。朕皇考亲弟兴献王长子厚熜，年已长成，贤明仁孝，伦序当立，已尊奉祖训……"

"朕皇考亲弟兴献王长子"，这十个字决定了大明帝国继任帝王的归属，也意味着激烈的皇储争夺战尘埃落定。

仅仅隔了四天，新皇尚未登基之际，首辅杨廷和等人以商谈国事为由将江彬诳至北华门逮捕，本着从快从重的原则，第二天便处以死刑。

当耿狄听到这些消息时，眼前不禁浮现出袁宗皋那张清癯瘦削的脸，瞬间悟出很多事：

决定正德皇帝生死的不是江彬，也非兴王、襄王或靖王，而是远在京城以杨廷和为首的阁老们，他们已厌倦与正德皇帝玩捉迷藏，厌倦正德皇帝层出不穷的恶作剧和惊世骇俗的把戏。在他们看来，扭转局势的唯一出路就是换皇帝，而江彬就是实施这一策略的关键。为此尽管耿狄指认江彬为幕后真凶，但杨首辅需要江彬继续在正德皇帝身边，有江彬才能确保正德皇帝快速、安全地离世，因此乔白岩在杨一清指使下让江彬幸免于难。

正德皇帝去世后，江彬也完成了其历史使命，被毫不留情地铲除灭口。至于兴王还是襄王取代正德皇帝，只因汪使者功败垂成，否则鹿死谁手真的很难说。

真相是否如此，耿狄无法求证，只要与水婷幸福甜蜜地在一起，其他都无所谓。新婚之夜水婷终于告诉他那天夜里放过楚千里时咽下的下半句话：

"我不想你一辈子恨我，因为我想和你一辈子。"

若干年后耿狄说的一句话也被验证了：

"换个皇帝就能改天换日、歌舞升平？只怕还不如朱厚照……"

朱厚熜即嘉靖皇帝沉溺道教，痴迷醮斋，躲在内宫四十年不上朝。在他的统治下，大明帝国日薄西山，逐渐走向衰落破亡之路。不过这已是另一个故事了。

绝 代 神 医

一

纽约德斯代尔大厦。

来自全球各地最权威的心脑血管专家云集于此，参加两年一届的纽约国际心脑血管会议，PURC 论坛。随着现代社会生活工作节奏加快，环境污染、饮食结构、生活方式等方面的影响，心脑血管疾病已经取代肿瘤成为人类健康的第一杀手，其特点是发病率高、致残率高、病死率高、复发率高、患者日趋年轻化，以及治疗效果的不尽如人意。因此级别最高、学术气氛浓厚的纽约 PURC 论坛每每成为全球关注的焦点。

会议第三天进入自由发言议程，属于散文式即兴演讲，有资格发言的都是在国际上享有盛誉、有大量研究成果的专家学者。

此时在台上发言的是美国加利福尼亚大学医学研究中

心米勒博士，他是医学界标准的重量级人物，不仅仅是他显赫的声名，也因为他壮硕魁梧的体格。他发言的重点是主动脉瓣、肺动脉瓣置换术中导管输送系统的大小和输送途径的问题，旁征博引，一个个病例信手拈来，严密而有逻辑，引得台下阵阵掌声。也许是谈兴大发，他突然话锋一转，对中医在这个领域的努力大加鞭挞，认为其缺乏科学性、系统性和严密性，用这些民间土法挑战人体中最精密、最脆弱的器官痼症简直是天方夜谭。

他不无轻蔑地说："一个白胡子老头，也许没有正式行医证，让你喝下一碗连他自己也说不清成分的药，里面说不定有蜘蛛、蝌蚪之类的动物，你能相信会治好你的病吗？当这些汤药没有疗效时，他会告诉你应该用七月份的蜘蛛，而不是三月的。"

此言一出全场人笑得前俯后仰，为他的俏皮话热烈鼓掌。

米勒博士很有风度地微笑着挥挥手，走下讲台。这时迎面上来一位年轻的中国人，不过二十多岁的模样，彬彬有礼地用一口纯正的英语对他说："请稍等一下，米勒博士，我有一些问题想请教一下，不会耽误你太多时间。"

米勒博士有些愕然，在心脑血管医学领域，没有一蹴而就的奇迹，只能靠长期临床的积累和艰苦细致的研究，能取得一定成就在国际小有名气起码要四十开外，以眼前这个小伙子的年龄，只能作为志愿者在会议中做些服务性工作。出于礼貌，他点点头："请。"

"我想利用这个讲坛，向在座各位，包括尊敬的米勒博士调查一件事，你们之中有谁用三个月以上的时间研究过中医？"

场下一片窃窃私语，除了两名来自中国的教授外，无一人举手。

年轻人笑了笑："我是学中医的，但是我对西医的学习和研究已有七年。中国有句名言，不调查没有发言权，我想没有研究过中医的人不应该对中医作一些不恰当的评论，"他微微冲涨红脸的米勒博士致歉，"比如说中医治疗心脑血管疾病是不会用蝌蚪的，但是蝌蚪的确可以治病。"

米勒博士严厉地说："你究竟是谁？这里不是宣扬中医好处的地方！"

年轻人自信地笑了笑："我是谁？你一定认识美国ACC基金会主席查切尼博士，他可以告诉你。"说着，他走到讲台旁边开启了视频电视画面，熟练地操作之后，屏幕上显出满脸严肃的查切尼博士。全场一片哗然。

ACC基金会是美国科研领域规模最大的基金会，专门大手笔赞助高科技领域的医学研究和学术探讨，米勒博士所在的医学研究中心就得到ACC的大力扶持。但是众所周知，基金会对课题的审核和监督相当严格，甚至到了苛刻的地步。查切尼博士号称"论题杀手"，每年不知有多少研究课题被他手中的笔毫不留情地否决。

米勒博士上前一步正准备打招呼，查切尼博士已经开口了："女士们，先生们，上午好。见到你们很高兴。坦率地说，为了我身上久治不愈的病，我见过你们当中许多人，包括可敬的米勒博士。现在我想正式告诉你们，我的病已经完全治愈了。而创造这个奇迹的，就是此时站在讲台上的帅小伙子！"

台下一片哗然，众人不由重新打量这个帅小伙子。

米勒博士立刻道："请原谅，为了你的健康我想说一句，治疗动脉硬化和由此引发的相关疾病是一个长期而缓慢的过程，就算短期内有所缓解也不能大意。"

查切尼博士点点头："谢谢你的关心。我也在继续观察和调养中，至少目前我的感觉不错，昨天才打了一场高尔夫，我敢说那是我十年来最好的成绩。请允许我向你们介绍令我焕发活力的专家，他来自中国，神秘而英俊的顾先生，用神奇的中药使我恢复健康，当然，"他耸耸肩，"因为中药的成分问题，无法进入美国境内，我只好不断乘飞机到中国，旅途费比药诊费还贵，不过值得。"

顾先生微笑着问："博士喝的中药里面有蜘蛛、蝌蚪吗？"

查切尼博士有些疑惑："喔，我确信没有，只是一些草药，不过如果喝了它们会使我更加年轻，我不会拒绝。对不起，不打扰你们会议了，如果大家能腾出时间让顾先生阐述中医治疗的心得，我将感到万分荣幸，失陪了。"

静了足足有十多秒，全场突然爆发出雷鸣般的掌声。

二十分钟后，帅小伙子结束了演讲，容光焕发地从侧门上洗手间。走廊上有两个态度和蔼、举手投足间显示出一种特别威严和训练有素的中国人，看样子已经等了很长时间，上前拦住他，其中一个低声道："顾先生，让我们找得好苦。"

"你们是……"小伙子有些疑惑。

两人动作整齐划一地出示了证件，浅绿皮封面下方有一行烫金字"国家安全局"。

"请原谅，我们已经通过有关方面擅自更改了你订好的机票，时间改为今天下午，现在就要动身。"

小伙子心头一凛，觉得其中包含着很复杂的背景和不可测因素，不安地说："我能知道原因吗？我是应 ACC 基金会邀请到美国学习的，手续完全合法。"

"你误会了，"另一个人温和地说，"我们得到情报，有一个国际犯罪组织欲采取对你不利的行动，强行绑架并要求你做一些医学方面的实验，根据上级要求我们直接护送你回国。"

小伙子迟疑了一下，点点头，想了会儿笑道："我没时间邀请你们共进午餐，对吗？"

两人都笑了，"楼下有车，我们这就去机场，下了飞机可以尝到正宗的全聚德烤鸭。"

小伙子惊异地脱口而出："你们怎么知道我喜欢吃烤

鸭的？"

…………

J省国家安全厅行动处一科科长方成接到电话匆匆赶到单位时，已是夜幕降临，整个国家安全厅大楼灯火通明。这个J省情报首脑机关仿佛有做不完的事，所有工作人员都是连轴转，少有喘息的机会。

在楼下迎面碰到行动处老大费处长，他正夹着公文包和几个身材魁梧一脸疲倦样子的大汉一起下车。方成连忙叫住他："处长大人，十二道金牌将我召来，有何吩咐？"

费处圆乎乎的脸上露出笑容："你有好事了，随我到办公室。"

跟在费处后面，方成忐忑不安地问："究竟什么事？我能有什么好事？"

费处关上办公室门，坐好后一本正经地说："今天总局紧急布置一项调查工作，要求我们限期完成。思来想去，这件事非你不可，我向局领导汇报决定由你具体负责这次调查。"

方成见他神情间有一丝神秘的笑容，不由心中直打鼓。他知道费处虽然随和，富有幽默感，但鬼花招也不少，急忙问："处里高手如云，为什么说非我不可？"

费处微笑道："问得好，我最喜欢你爱动脑筋的特点，"他眨眨眼，"总局派来一名女特别调查员负责。据可靠消息，她芳龄二十七，至今未婚。因为你是局里唯一的单身汉，所以才决定让你和她搭档。给你一个机会，还我们一个奇迹，好好把握喔。"

方成苦笑着连连摇头，实在无法接受费处这种幽默，随口问道："这个机会叫什么名字？总局大部分人我都认识。"

"梅婕。"

"梅婕！"方成惊得站起来，差点将手边的茶杯碰翻。这个倨傲冷淡、说话比较冲的女孩子他太熟悉了，去年他被抽调到总局和她一起办过案，合作得磕磕绊绊，很不愉快，若不是方成对待女孩子向来有绅士风度，早就吵翻天了。结案后彼此没有留联络方式，很平淡甚至有些隔阂地结束了合作。

"不要激动，就算知道又要和老朋友一起，也不须这么夸张嘛，"费处慢悠悠地，一副胜券在握的模样，"且听我慢慢道来。"

W市东南一百多公里的大明山，山清水秀，景色宜人，但因地势险峻，交通不便，与外界联系较少，宛然形成一个安宁清静的世外桃源。近来传说山里出了个神医刘，小到头痛脑热、跌打损伤，大到慢性疾病、重病绝症，不用透视、化验、CT等，只须神医刘搭手听脉，闲聊几句家常话后开出几帖药方，等药差不多服完时病即可基本痊愈。原先只是小道消息，大家嘴上说说而已，没有谁真想验证。

两个月前，一位著名企业家，家产数十亿的富豪应J

省政府邀请参加投资洽谈，会后少不得觥筹交错、桑拿按摩。问题就出在按摩上，不知是富豪饮酒过多乱动乱翻，还是小姐力道过大按错了地方，突然间只听他大叫一声，全身抽搐不止，然后仿佛被抽了筋般瘫软在按摩床上。惊慌失措的按摩小姐和周围随从、陪同官员赶紧围上去，却见他只剩下眼珠还能转动，其他部位软乎乎的一点儿力都没有，不管是掐、打、咬都没有反应，他自己有知觉，急得汗珠、泪水直往下滴。当时有人脱口而出"简直比植物人还惨"，迅速打电话到急救中心，以最快速度送到省城最好的医院。医院方面相当重视，分管院长亲自出动，召来一大群专家和各科负责骨干，开动所有高科技精密仪器，为富豪做全方位的细致检查。市里分管经济的市长也来了，焦急地等待结果。那名可怜的按摩小姐被轮番盘问，泪汪汪地翻来覆去就那句话，"我是和平常一样做的，我不知道哪儿按错了"，倒霉的老板则再三强调，她是这里手艺最好的按摩师，并有国家级美容培训学校的毕业证为证。

检查及诊断结果出来了，富豪身体状况一切正常。几十位专家、教授、知名学者，面对这莫名其妙的病症居然束手无策，不知所措。几个小时过去了，该试的办法都试过，该用的药都用过，专家会诊会一直在激烈而持续地进行，可是病人毫无起色。

二

一位秘书在市长旁边嘀咕了一句："这种怪病西医没办法，可以让中医试试。"

市长立刻一挥手："走，抬到中医院。"

省级中医院院长薄幕云早就恭候在大门口，将此视为东风压倒西风的关键一役，准备亲自上阵。说起薄幕云，在J省中医界有几分神奇色彩。"文革"后恢复高考的第一年，他正巧替公社党委书记的儿子医好求治了四年的歪嘴病，书记乐得不知怎么谢他才好，想了半天说，我手中还有一个指标，你参加高考吧，早点飞出我们这个穷地方。没念过正规高中的薄幕云起早贪黑，埋头苦学，四个月后仓促上阵，竟然正好达到高考分数线，考上一所医科大学的中医学专业。入学没几天，他就成了大学里的名人，原因是他在中医方面的实践知识以及对医理方面的见解令授课的老师们自愧不如，后来凡是有他在场，老师们讲完后都要习惯性说一句，"不知薄幕云同学有什么看法"。渐渐地，他被邀参加老师之间的教研活动、学术讨论，有时还出席一些区域性的研讨会。从大二起，校方特别允许他免考所有专业课程，而且任用他为大一新生授课。大学四年后他提出继续读研究生，这使得校方十分为难，因为没有一位教授愿意收这个实践水平比自己高出许多的学生作为弟子。后来学校出于爱惜人才，将他推荐到一名著名的中医研究所。两年后，他以研究生身份来到 J 省省级中医院。由于他医术高超、出手不凡，治好了许多稀奇古怪的病例，使得医院名声大振，他也一步一个脚印地从门诊医师成为一院之长。

曾经有很多人好奇地问他："你的医术这么高，是哪位师父教的？何不将他请出来？"

他好像不愿意过多谈论这个话题，只是简单地说："师父早已驾鹤西去。"

将富豪身体放置好，薄幕云三指搭住病人脉搏，闭目良久，道："应该是神气散乱，浊气下沉导致穴位错乱。准备针灸！"

助手拿出院长的专用针灸盒，按照他的吩咐从里面抽出十几根长短各异的银针。有内行的人告诉市长，薄院长看病正常只用五六根针，碰到疑难杂症不过用七八根针，很少超过十根针，今天一下子就端出十几根针，看来是老革命遇到新问题了。市长一听眉头更是锁紧，低声道："如果这边再不成功怎么办？你们都动动脑子。"

不知不觉一个小时过去了，病人全身从头到脚扎满了针，发青发白的嘴唇有了血色，眼珠急剧地转个不停，像是感受到体内在发生剧烈的变化。先前完全不能动弹的手脚微微颤抖，胸腹的起伏加快，显示这些针起到了一定的效果。

薄幕云一圈圈地围着病床转动，手中的银针越来越少，而脸色越来越红，头上热气腾腾全是汗。终于，手中只剩下一根最长的银针，他手指微微有些颤抖，针尖一会儿对着小腿，一会儿对着脚踝，一会儿对着脚掌，似乎无法确定准确位置。短短几分钟工夫，反复摸病人的脉搏不下十几次。周围的人都紧张地看着他，空气仿佛凝固了一般。

站在病人面前十几分钟，脸色阴晴变幻不定，突然，薄幕云长叹一声，颓然放下手中的针道："抱歉，我无能为力，你们另请高明吧。"话未说完，脸色由红转白，身体摇摇晃晃地倒在旁边的助手身上。他殚思极虑，耗尽心神，终力不从心，不敢落下关键一针。

一片混乱中，富豪的助手哭丧着脸对市长道："现在怎么办？市长，老总的身体可千万不能有闪失啊，钱不是问题……"

有位秘书道："听说大明山里有位姓刘的神医……当然只是听说，没有得到证实。"

病急乱投医，市长随即指示："快与大明山那边联系，叫那个刘神医连夜赶过来。"

经过漫长而难熬的等待，终于等到大明山方面的消息：神医说曾与人有过约定，终生不出大明山一步。不管如何劝说，他死活不肯出山。

市长当机立断："与军区协调，借一架直升机，把病人送到山里去。不过如果治不好，看我以后怎么收拾他！"

面对从天而降的飞机，面对神色严峻的大小官员，一身农户打扮的神医刘确实有些惶然，不过当他的眼光转向软绵绵的病人时，又恢复了医者的尊严和自信。众目睽睽下他伸出两指搭在病人脉搏上，闭目冥思。过了会儿他指着病人身上的针眼道："这些是谁扎的？"

"省中医院的薄院长。"

神医刘闻言有些惊讶，沉思了良久："是薄幕云吗？能做到这一步已经不错了，只是最后一针他为什么不敢扎了呢？"

此言一出众人皆惊，富豪的助手立刻"扑通"跪到地上："您是神医，求求您，千万要治好我们老总。您放心，不管出多少钱我们都给得起。"

他摇摇头："我不需要钱，只有一个条件。"

这时就是开出一百个条件都会答应啊，众人都连连点头，静气屏息地听他说。

"我要求你们不要对薄幕云说是我医好他的，只有这个条件。"

旁边的官员们都觉得这个条件太便宜这个狗娘养的有钱人了。

只见神医刘从随身包裹里找出一根长针，与薄院长最后抓在手中不敢扎的针差不多长短，用右手两指按按病人的下腹、小腿，头也不抬道："色欲过度，早晚有此一劫。"

富豪的助手紧张得大气都不敢出："是，是。"

"还有糖尿病，怎能酗酒？看似红光满面，实则是血气上攻，溢于其表，肾亏肾虚，不对症下药，越补越虚啊。"

富豪的助手已经惊讶得说不出话，只来得及一个劲地点头。

不见有所动作，没有任何预兆，只见银光一闪，神医刘突然一针扎下去。众人还未来得及看清针落在什么部位，他已经收针站起来道："好了。"

仿佛是验证他的话，担架上的亿万富豪轻轻呻吟一声，缓缓抬起身子，迷惘地看看四周："我在哪儿？"

…………

绘声绘色讲完，费处"咕嘟"喝了一大口茶："怎么样？听傻了吧？想不到世上真有神医吧？"

方成笑道："简直像一篇科幻小说。正如无数传说中的神医一样，对付疑难杂症，中医有时真有独特的治疗手段，可是人们伤风感冒、头疼发烧、腹泻胃痛，还是找西医。为什么呢？就因为中医太神奇了，太玄虚了，太不确定了，有时同样的病，不同的人会开出不同的药方，老百姓们心里没底，有时就是被医好了也不知怎么回事。西医不同，他们会告诉你各种指标、数据和化验结果，告诉你吃什么药，什么都有明确的标准，清清楚楚，看着踏实。"

"你是不是想说鲁迅说过的话，中医都是骗子？"

"不，"方成摆摆手，"其实我对中医很感兴趣，我爷爷的胃绞疼也是中医看好的。我想说的是，故弄玄虚和保守秘密限制了中医学的发展进步，比如说神医刘，怎么看出已经有人扎过针而且最后一针不敢扎？关键一针扎在何处？为什么这一针有这么重要？这些他非但一个字不说，还关照不能告诉薄院长。那么造成什么情况呢？以后再有人得了这种怪病，其他中医都不行，还得求他。万一他突然暴毙呢？所以中医要发展，首先要打破旧思想的束缚。"

费处轻轻鼓掌："不错，不错，看不出你对中医竟有如此深入的研究，看来我没选错人，梅小姐没看错人，"他挤挤眼，"人家可是点名要你哟，人家说了，方成一个顶仨。"

方成哭笑不得："得了吧，这种肉麻的话能从她嘴里吐出，我不姓方。"

费处呵呵一笑："当然了，人家毕竟是大姑娘，说话怎么会像我这样直来直去，我只是高度概括她的意思。你看我这副模样像不像月下老人？"

方成没有心思开玩笑："就算神医刘再神奇，也没有涉及国家安全，不属于我们安全厅的职权范围，为什么要调查他而且总局专门派人负责？"

费处面色一整道："怎么会不涉及国家安全？你头脑中国家安全的概念还停留在搞侦破、抓间谍的传统模式吧？在全球一体化的现代经济社会里，我们要维护的不仅仅是国防军事秘密，工业、农业、科技、医学等等，凡是涉及国家利益和民族经济发展的都要纳入保护范围。比如说七年前我国中医专家研制出治疗婴儿腹泻的汤剂，结果被日本人搞到手，申请专利并大规模生产出口，令我们损失几十亿美元，前车之鉴呐。"

方成明白了："总局想对神医刘采取特殊保护措施，防止被外国人挖走？"

"这里面有一个前提，你要配合梅婕深入了解神医刘的出身、社会经历和历史背景，以及是否真有妙手回春的医疗手段。如果一切属实的话，就将他带出山直接送到北京去一个特别的地方，明白了吗？"

点点头，方成道："任务的性质是清楚了，不过能否让科里小贾、小练陪她进山，我想休息几天。唉，这几天全身酸痛不止，上吐下泻，苦不堪言，生不如死啊。"

"忘了告诉你，从今天起小练、小贾被抽到调查处参与一起联合行动，"费处微笑道："本来这次联合行动上面点名要你，考虑到你身体不好，我才特意安排你到神医刘那儿看病，公私兼顾，一举两得嘛，"他压低声音，"顺便替我问问神医，有没有治疗哮喘的秘方。我老母得哮喘十几年了，总是治不好。"

从市区出发，经外环一路顺风，一个多小时后车子就抵达了大明山下的白起镇，司机说从这里起就是崎岖不平的山路，只能步行，不好再开了。

一路没说话的梅婕首先跳下车，露出少有的兴奋："走就走，爬山是一项有益的健身活动，平时难得有机会碰上。"

方成道："你从小在城市里长大的吗？"

"是啊，"梅婕看看他，"你以为我会爬到一半就叫苦连天？哼，狗眼看人低。"

又来了，这丫头说话总是这样不怕得罪人，方成耸耸肩，不与她斤斤计较。

两人走至镇上，方成东张西望似在寻找什么，梅婕皱眉道："快点，你不是说要在日落前赶到那儿的？"

方成指指前面："那儿是镇上唯一的商店，虽然商品不全，但大部分需要还可以满足，将就一点吧。"

"你说什么？"梅婕不明白。

方成耐心道："我们进山需要一天时间，出山又要一天时间，找神医刘谈何容易，他平时在山里各个村落行医，行踪飘忽不定，有时还要进深山采药，这次我们说不定得在里面待上十天半个月的，山里毕竟条件差些，生活物资不全，多少要准备一些吧。"

梅婕恍然大悟："喔，那你去买，我无所谓，正好到那边少数民族服饰摊上看看。"

方成站着不动："还是一起去商店吧。"

梅婕不耐烦要发作："你怎么婆婆妈妈的，我说过了随便，你看着办吧。"

方成促狭一笑，慢吞吞道："我可以看着办，可以有些女人的东西我实在不知道怎样选……"

梅婕立即反应过来，脸微微有些红，不作声抢到前面朝商店走。

三

漫长而崎岖的山道好像永远没有尽头，转了一弯又一弯，不管什么时候向上看都是蜿蜒向上盘旋的石阶。不知不觉两个多小时过去了，方成看看梅婕满脸通红、香汗淋漓的样子，知道她在硬挺，道："我们休息一会儿吧，后面还有好长一段路呢。"

梅婕一听便瘫坐到石阶上，拿出矿泉水直往嘴里灌，无力地抱怨道："山道上怎么没有供人休息喝茶的地方？这山道又高又陡，谁能一口气爬上去？开发旅游资源，首先就是修好道路嘛。"

方成懒得和她辩论，笑笑没作声。

这时远远从山下上来一位中年人，个子很高，瘦削身材，一双眼睛炯炯有神，步伐矫健灵活，显得轻快而有节奏，一看就知有丰富的登山经验。不一会儿便走到两人面前，停了停，和蔼地问道："请问从这儿上去就是黑龙寨吗？"

方成点头："是啊，你也是第一次进山？"

中年人擦擦汗，索性坐下来："嗯，进山找一个老朋友。你们呢？"

"找神医刘，请他替我看病。"方成笑道。

中年人锐利的目光扫了扫方成，又打量了梅婕一眼，摇摇头道："不像，两个都不像。"

"为什么？"梅婕这会儿喘过气来，饶有兴致地问。

中年人突然伸手去捉方成的手腕，方成下意识一缩，谁知中年人动作看似缓慢，实则迅疾而准确，一把扣住手腕，三指搭住脉搏一会儿，松开手道："你没病。"

方成毫无反抗地被擒住手腕，自感大失脸面，对眼前之人提高警觉，故作不解道："你一摸就知道有没有病？我不信，我的病只有用仪器才测得出。"

中年人放声大笑，整个山道都充满他洪亮的笑声："看来你不仅现在没病，以前也没有生过大病。如果你是医院的常客，怎么会认不出我薄幕云？"

两人大惊，异口同声道："你就是省中医院薄院长？"

"不像吗？"薄院长目光灼灼地盯着他们，"我看你们都不是病人，你们究竟找神医刘干什么？"

方成脑中一转："你也是找他？你知道上次亿万富豪被一针回春的事是神医刘做的？"

双方都不说话盯着彼此，只有山风在山谷间肆意呼啸。

过了会儿，薄院长道："你们不是普通人，应该是有政府背景的，能否如实告知你们的身份？这样也许我们的谈话能深入些。"

梅婕亮出工作证："安全厅，我们奉命进山调查神医刘的行医真相，看是否有人为操纵或夸张神化的情况。"

薄院长点点头，"喔"了一声，脸色平静道："看来上次亿万富豪的事影响不小，竟然惊动到你们安全厅，大明山从此不再平静啰。"

方成试探道："薄院长与神医刘是老朋友吗？听起来他好像知道你。"

"何止是朋友，老实说，如果我猜得不错的话，他就是与我失散了二十年的大师兄。"

两人齐齐"啊"了一声，心中均想：难怪薄院长不敢扎的最后一针神医刘敢下手，原来他是大师兄，按照中国门派中的惯例，除了师父，水平最高的就是大师兄，这么说来他们是一脉相承了。想到此，方成忍不住道："既然他有如此高的水平，为什么窝在大明山里待了这么长时间？从省城到这儿不过一百多公里，为什么竟会二十年不通音讯呢？"

薄院长问道："这属于你们的调查范围吗？"

梅婕道："有关神医刘的一切资料，包括师门背景、社会关系等等我们都需要掌握。"

薄院长点点头："既然是这样，我可以告诉你们我所知道的一部分。来，我们边走边谈。"

四十多年前，共和国成立初期，江湖老郎中顾真人四处游医出诊时，出于怜悯之心陆续收留了几名被抛弃在路边奄奄一息的孩子，最小的才六岁，婴儿抱被上只有一个姓氏：薄。因为从地上捡起他时天上乌云密布，顾真人替他取名为薄幕云。薄幕云前面还有两个师兄、一个师姐。大师兄便是刘海骄，他是在海边的礁石上被捡到的。

转眼间二十年过去了，顾真人又当爹来又当妈，不仅在生活上给予细致的关心照顾，还教他们文化知识和医理知识，希望他们早日独立闯荡江湖行医积善。就在这时，门下弟子间发生了一件纠葛。

三师姐丁晖晖自幼出脱得水灵灵清秀动人，师父和两个师兄对她均宠爱无比，只有薄幕云不懂事常将她惹哭。据说大师兄迟迟不谈及婚娶就是想师妹长大后娶她为妻，而顾真人在这件事上的态度也是基本默许。大师兄天赋过人、悟性极高，医学药理上一点就透，而且能举一反三，是几个弟子中最有希望继承师父衣钵的。

学中医、下围棋、练气功，中华三大神秘文化有一个共性，除了刻苦钻研，最重要的是"悟"。师父领进门，修行在个人，中国人重实践，轻理论，特别不善于系统总结归纳，只靠言传身教，让徒弟在具体操作中"顿悟"。所以鲁钝木讷的薄幕云常因不开窍受到叱骂。

少女的心思最难猜，谁都不曾想到，丁晖晖的一颗芳心早已系到二师兄沈峰身上。这的确是意外，对于所有人而言。沈峰天生体弱多病，在幼年时期长年抱着药罐子，顾真人常常叹息说这孩子命不该绝，正好被行医的捡到，如果换一户普通人家，根本无力抚养。长大后他还是弱不禁风的模样，说话也细声细气，由于身体原因很少随师父外出行医，经常闷在家中看书。时间一长，博览群书的他竟有一种与其他人完全不同的书卷气，在许多病症的处理方面也有独到的见解和处理方法，只是实践方面要比大师兄差一些。

在刘海骄眼里，沈峰文不能吟，医不能诊，基本算个废物，谁想这个向来被瞧不起的废物竟夺走了心爱的师妹。他找沈峰谈过，沈峰说男女之情，天合之作，非人力可以改变。言下之意这是天意，你死了这条心吧。再找丁晖晖，她说得很诚恳，大师兄你是个好人，这些年照顾我关心我，我真的很感谢。可是在我心里你始终是我敬重的大师兄、大哥哥，谈到感情，我的确是真心喜欢和沈峰在一起。无奈之下，他只好找师父出面裁断。

顾真人毕竟行走江湖多年，思想开明而洒脱，他反过来劝弟子，强扭的瓜不甜，事关终身大事，手心手背都是肉，做师父的只能顺其自然，再说失之东隅，收之桑榆，说不定你因此会有意想不到的收获。

师父手中的几手绝活大家都是知道的，所以这句话确实起到了安抚军心的作用，事情就这样平息了。只是从此之后大家一起吃饭时，桌上的气氛很是别扭，就连一片混沌的薄幕云都觉出其中的微妙。只有顾真人安而泰之，神色自若。

接下来的事顺理成章，沈峰与丁晖晖终成连理，在一片喧天的爆竹声中，两人如愿以偿共入洞房。那天婚宴大师兄没有参加，是顾真人事先吩咐的。开始一对新人坚持要刘海骄出席，他本人也没有反对，但师父阻止了，并说，师弟师妹结婚大师兄出面庆贺是做人的道理，也是场面上的事，但特殊情况下这种道理要让位于本人的感觉，就同诊疗一样，用药治不好的病就不能勉强，做人行事都要顺应天理。

两年后他们生下一个白白胖胖的儿子，顾真人给他起小名叫安儿，整个师门都为安儿的一举一动而欣喜高兴，每天出诊归来首先要做的就是轮流抱抱安儿，逗他玩儿。那是师徒几个最快乐的一段日子。至少薄幕云是这样认为。

就在安儿刚刚过完两岁生日后的一个晚上，师父突然急中风，急切中唤来几个徒弟交代了几句后撒手归天，连众所周知的镇门之方"清莲五味镇喘散"都没来得及给他们留下。悲痛欲绝的徒弟们哭红了眼，守孝三天后按师父的吩咐将他土葬在一个秘密的山洞里，这一切结束后他们合力将洞口封死，让师父永远不受人打扰。等一切安定下来，沈峰和丁晖晖正式向大师兄提出要搬出去另立门户。刘海骄没有觉得意外，树倒猢狲散，师兄弟几个各奔东西是迟早的事，他只说了一句，行，你们出去吧，小师弟年纪尚幼，恐怕还不能独立行医，暂时跟在我身边，你们也不要太远，有事常联系。

本来事情就这样结束了。可是十几天后，一个风雨交加的晚上，沈峰、丁晖晖两人抱着孩子魂不守舍地来到大师兄面前，"扑通"跪倒在地："大师兄，请救救安儿吧，求求你了。"

…………

正讲到关键处，方成两人也听得入神，从后面追上来几个游客，说是日近黄昏，防止山中野兽出来伤人，结伴而行人多势众安全些。薄院长便收住话题不再提起，方成知道他不愿在外人面前谈及师门秘史，也没有追问。七八个人谈谈说说倒也不觉得累，终于在日落之前赶到了黑龙寨。

说是一个村寨，其实只有十几户人家，守着几分薄田，种些庄稼，采些药材，打些野兽，过着自给自足的生活。在村子的最东面，有个小院子外挂着个旗杆，上面写着四个大字：旅客之家。

梅婕远远看见了不禁喜道："想不到这里还有旅馆，我正想洗个澡。"

梅婕的脸是从进旅馆门起开始发白的。这并不是她想象中的旅馆，只是一个三间朝南的瓦房，左右两侧房间靠墙放着一溜床板，老板自豪地说最多可以睡十个人。另外四五个游客一听便钻进右侧房间，嘻嘻哈哈地收拾床铺。

看看梅婕的脸色，方成忍着笑问："有没有单独的房间，女同志住的？"

老板摇头："没有，出门在外有啥讲究的，再说你们夫妻俩睡在一起就得了。现在的年轻人我知道，不结婚就同居，有什么不好意思的？"

梅婕憋着气不吭声转出去，一会儿又进来问："老板，厕所在哪儿？"

老板随手一指："就到屋后边田旁边吧，那儿有个小水沟，夜里注意点，别踩掉下去。"

"那，那有洗澡的地方吗？"梅婕已经近于绝望了。

"有，"老板爽快答道，"知道你们城里人爱干净，我专门准备的，你跟我来。"两人一前一后来到院子后面的角落里，那里有口大水缸。老板道："这缸里是我们山里的泉水，浇在身上清凉清凉的，真叫舒服。你可以踏在这块青砖上洗，放心，这儿天黑了没人看见，山里人都实在，没有干那种坏事的。如果还不放心，叫你男朋友在那边守着。"

梅婕啼笑皆非，应付式点点头忙不迭地转身走了。到前院看到方成在逗狗玩，没好气道："好玩吗？就没别的事干？"

方成起身拍拍手道："山里没电视，今晚的节目是和老板聊天，听薄院长讲故事，然后睡觉。洗澡就免了吧，实在想洗，再往里走遇到山泉让你洗个够。"

"不准提洗澡，越说身上越难受，"她道，"这里离省城不过一百多里，却好像两个世界。咦，薄院长呢？"

方成指指外面："在院子外看一种药草呢，到底是医生，拉着药农问个不停，"他靠近梅婕，压低声音道，"你说，薄院长进山找大师兄干什么？"

梅婕手一摊："他的故事没讲完呢，我想接下来他们几个一定发生了一件大事，这件事使大师兄发誓不出大明山，而他自己也单独出去行医。"

"没这么简单，我想就从神医刘替亿万富豪看病提出的要求看，他们之间的关系很微妙。听故事要区分角度的，有时不能只从叙事者的角度分析问题。"

四

一直到吃晚饭的时候薄院长才从外面兴冲冲回来，如获至宝地将两株小草放在随身的公文包中。菜上齐后方成将老板叫过来问道："向你打听个人，神医刘这阵子在哪儿？"

提起神医刘，老板眉飞色舞："你们是专程找他看病是吧？他可是咱们大明山一宝啊，这十多年来，咱们大明山里没有一个人出去看病的，全是神医刘包了。他说看不好的病，那你就甭想心思，回家该吃什么吃什么，该喝什么喝什么，享几天福算了。"

薄院长点点头："你一说我还真想起来了，省城医院里接待过各地方的人，就没听说过有大明山的。"

"当然，"老板索性坐下来，"人家那还叫真正的神医，跟他相比，那些什么医生算个述。就拿我们这黑龙寨来说，哪家人没经他的手看过病？神医刘的绝招是说你啥时候好就啥时候好，如果到时候你好不了，不能怪人家神医，准是你没按时吃药。"

几个人都笑了起来。

老板认真地说："我可不是吹牛，真的。那些小病就不提了，前年我老婆背上生了个疽，开始只有黄豆大，没注意，过了十几天，越长越大，有拳头那么大，我们急坏了。托人捎信给神医刘，他那次正好在深山里头，等他来这儿时疽已经长到碗口大，我老婆伏在床上不能动弹。神医说没事没事，采了些药敷在上面，关照说一天换一次药，十天后就好。同时又说有三样禁忌，一是莫做房事，我说嗨，这份上提得起兴致吗，嘿嘿，姑娘别脸红，我们山里人有啥说啥；二是能下床后莫弯腰，这好懂，防止伤口崩裂；三是不能吃柿子、梨子和蛇，当时我们也就这么一听，谁也没放在心上。过了几天，儿子从山里摘了一大篮柿子，个个红彤彤饱得要涨，提到家个个喜欢，都吃了一点。到了第九天神医刘又来看，衣服一揭就变了脸，说让你不吃忌口的东西，你怎么忘了？我们这才想起柿子是不能吃的，都急着问那怎么办？他叹了口气说也没什么大问题，就是疽消掉后背上有块灰斑再也褪不掉了，他说这叫……"

薄院长接口道："风凉斑。"

"对对对，风凉斑，您也是行家。我这才放心，有斑就有斑，没什么了不起，平时只有我能看到，再说灯一熄……不说了，呵呵，我给你们上点汤。"

看着老板离开，梅婕捂住微微晕红的脸问："薄院长，风凉斑是怎么回事？"

"疽是人体毒素积累至临界点时突发形成，男生疽是热毒过重，女生疽是阴毒过重。大师兄给她敷的当是阳长阴消之类的药膏，让她忌口的三样都是山里常有的大凉之物。女体属阴，疽即因阴凉之气太重而生，所以柿子食后引起体内阴阳失衡，伤口处受凉气所伤，故形成风凉斑。"

方成赞道："观言辨色、因人而论，这方面中医的确有一套。我姑妈以前腿上生出一大片小红斑点，又不痛又不痒，就是看着难受。找西医看，挂了七八天水还是一样，医生改口说不痛不痒就没事。后来找到一个老中医，他说这是内病外患，体内应该有比较严重的疾病。后来一查，真查出大问题，她得了丙型肝炎。我现在都不明白，肝炎怎么会反映在腿上生出斑点呢？"

薄院长道："古人说大动肝火，就是说五行之中肝通火，患肝病者往往心神不宁，易急躁发怒。你姑妈应该属于心胸开阔之人，肝郁化火，向上无发泄之处，只得下行到腿部生出斑点，这是火斑，经验丰富的中医都认识。"

方成心服道："我姑妈还真是天性豁达之人，好人有好报，病情发现得早，后来很快治好了。"

梅婕好奇道："这些点点滴滴如果汇编成书，广作宣传，不仅对中医本身是个归纳总结提高，使得一些刚出道的中医少走弯路，就是对在老百姓中间推广中医都有很大的好处，为什么几百年甚至几千年以来没有去做，只出了一个李时珍？"

薄院长放下筷子，郑重地想了会儿，道："你说的不无道理，但是中医与西医有本质上的不同。西医是将人体按区域细分开来诊断的，心脑血管科的不会看心脏病，做外科手术的不会看眼睛。中医不同，我们认为天地是个大宇宙，人体是个小宇宙，无论什么病，都讲究整体平衡，以天地变化机理作为调节身体的依据。比如说刚才你姑妈的情况就是一例，她到西医那边看皮肤科，检查不出问题，做肝功能、做血相才知道有问题了，但是皮肤科的医生是绝对不可能建议她检查全身健康的，因为以他孤立来看，红斑点并不能说明什么。"

方成道："你的意思是中医只有基本原理，实际应用在于灵活多变，不拘章法？"

"对，这是中医的优点，也是中医最大的缺陷，它制约了中医冲过国门走向世界。外国人重视数据，重视医例，如果相同的病，你给两个人开出不同的处方他就难以理解，一定要问个究竟。就如同围棋一样，只有东方人下得好，美国人和欧洲人尽管大有聪明人士，就是学不到其中的精髓。"

对围棋方成颇有研究，立即接道："围棋也是讲究大局观和整体配合，有时为了取得'势'，宁可牺牲数子甚至一块棋，这对下惯每子必争的国际象棋的外国人而言，很难用准确的、直观的语言表达出来。日本、韩国是深受中国儒家思想影响的，所以围棋活动能得到普及。"

"所以你看围棋教育，也没有什么洋洋洒洒的系统性理论著作，只有不断对弈，不断打谱，从中领悟出对棋的感觉和意境，才能不断提高。中医也是，只有一次次临床诊断，参考前人留下的病例，不断思考、分析、自我提高，这些都是无法用语言来教诲的。"

"除了传统的传帮带，没有更好的推广方式吗？"

"师父在世时有学校请他讲课，他拒绝了，他说几十个人捧着书本，听着抽象空洞的理论，这种大杂烩、流水账式的教育只会培养出一大批庸医，不如静下心来带好身边几个徒弟。"

这时老板把汤送上来，边往桌上放边说："可惜你们这次未必能找到神医刘。自从上次一针治愈亿万富翁后，多少人慕名来到山里求医，有上门重金聘请他出山的，还有请他拍广告、做什么代言人的。他本来在梅花潭附近有个家，现在恨不得被里三层外三层包围着，神医刘被搅得吃不好睡不香，索性钻到深山里去了。"

三人彼此望望，方成道："你知道他正常会躲到哪儿？"

"鹰嘴崖，大明山最高最险峻的地方。"

梅婕问："离这儿有多少公里？"

老板咧开嘴笑了："山里人不晓得公里，只按天数算，从这儿到鹰嘴崖，顺利的话要走三天吧。"

梅婕"啊"了一声。

薄院长微微一笑："在城里工作了十多年，骨头都硬了，不知能不能再经得起折腾，不管怎样总得试试，你们呢？"

方成看看梅婕，只笑不言。他知道她的性格，打死不认输，可是长途跋涉、翻山越岭，对于这样一个长期在城市生活的女孩子来说确实是很严峻的考验，他担心她会受不了。尽管方成平时有些吊儿郎当，似乎什么都不在乎，其实他内心深处还是比较细致和体贴的。

梅婕有些恼怒："看我干吗？我像是那种遇到困难就打退堂鼓的人吗？你放心，不管多困难多凶险，我都不会输给你。"

薄院长呵呵打圆场："不像不像，不过你跟我们不同，没有攀登的基本功，没有野外生活的经历，很多方面难免不适应。就拿睡觉来说，你试过像今晚这样男女混睡在通铺上吗？以后进山，连床都不会有，只能大地为床天为被。"

方成多嘴，又加了一句："没有厕所，大小便只能就地解决。"

梅婕"啪"一下将筷子扔到桌上，头也不回地钻到屋里去了。薄院长愕然，低声说："这位姑娘不喜欢开玩笑吗？"

方成笑笑："她就那样，北京妞的冲脾气，不过转眼就好。"

偏偏老板不识相，追在后面问："姑娘要洗澡吗？我准备了热水……"

"砰"，房门重重关上，差点撞着老板的鼻子。

薄院长和方成吃饱喝足进屋时，梅婕早已钻进睡袋面朝墙睡了。方成使个眼色道："薄院长，不打扰她休息，我们出去再继续讲你大师兄的事吧。"

"好，咱们院子前面聊聊。"

"就在这儿讲，"梅婕翻身而起，"我刚才只顾生气，没睡着。"

薄院长笑了笑，觉得这个姑娘虽然率直但有几分可爱，坐到床边，若有所思地想了会儿，长叹一声道："二十年了，可那一晚的事记得清清楚楚，一幕幕，好像就在昨天刚刚发生，唉……"

刘海骄见状吓了一跳，不知发生了什么事，连忙扶他们起来："有话慢慢说，慢慢来，究竟有什么事？"

丁晖晖搂着孩子泪如雨下："安儿好像中毒了，我们实在无力施救，大师兄你擅长解毒，师父将解毒秘方都传给你了，只有你能救安儿。"

顾真人一身医技博大精深，浩瀚如海，限于天分，就算悟性极高的大师兄也只能学五六成。为了不使许多秘技失传，他根据各人的资质，分别传授了几手绝招，刘海骄专攻解毒，沈峰研究针灸，丁晖晖是妇科杂症，薄幕云最笨，只能学相对简单的皮肤类杂症。

本来这种分类是按各人特点教授，各有侧重，应该没有废话，可是围绕师父"雪泥梨影镇毒丸"的秘方却生出闲话。返老还童、包治百病的灵药，从理论上分析是不存在的，因为与人、环境一样，病毒也在发展、升级、变异，几百年前的药方就治不好现在的病，病情在变，植物的药性在变，人体对药草的抗药性和吸收性也在变。但是顾真人的"雪泥梨影镇毒丸"真的可以解百毒，准确地说，凡是因兽伤、蛇咬、草木类接触等中的毒，服用此丸后均可以解毒，用西医的说法，这种药丸是功能相当强大的广谱性解毒丸，缺点是服用此药后，身体将产生很强的抗药性，以后无论有什么病都很难靠服药治好。顾真人说过，对于医者来说，如果用"雪泥梨影镇毒丸"就意味着失败，意味着你没有找到真正对症疗毒的药方，是对患者的不负责，所以此药只能到最后无计可施时才能用。

但是制药厂不这么看，早在"文革"前期就有人找过顾真人，愿出五十万元收买药丸的秘方。那时候的五十万简直比现在的五百万还值钱，可顾真人毫不犹豫地拒绝了，而且没有说明任何理由。

后来这个秘方传给了刘海骄，为此沈峰和丁晖晖私下里愤愤不平，认为师父太偏心，甚至鼓动薄幕云找师父，说按照江湖门派不成文的规矩，最容易转为钱的秘方应该传给水平最低的弟子。薄幕云虽然笨，但是不傻，知道他们是煽风点火，再说师父定下来的事极少更改，自己去找也是讨骂，没有理他们。不过弟子们都知道，真正的镇门之方"清莲五味镇喘散"还在师父手中掌握着，与这相比，"雪泥梨影镇毒丸"根本不算什么。

刘海骄也极喜欢安儿，每次抱着他都舍不得放，听了师妹的话连忙接过来，边查看边问："什么症状？"

"从傍晚起突然抽搐，全身都抽动不止，过了一个多小时才停下来，两眼翻白，气息微弱，就成了现在的模样。我们将能试的药方都试过了，没有一点起色。"

翻开安儿的眼皮，再仔细察看舌苔，最后才搭脉。昏迷中的安儿下意识动了动，胖乎乎的小手紧紧抓住大师兄的手指。这个细小的动作使得平时不轻易流露感情的刘海骄差点落下泪来，连忙掩饰性地轻咳声，旁边的薄幕云心中不停地祈祷：大师兄快点治好他，快点治好他。

过了半晌，大师兄抬头，脸上露出少有的激愤之色，对沈峰冷冷道："这是牵机之毒！"

五

在场几人都是行家，此言一出皆大惊失色。牵机散是极可怕的毒药，从理论上讲入口即无救，当年写出"一江春水向东流"的李后主就是被宋太宗赵光义派人用牵机散毒死。由于此毒非常霸道，各种医书中对此语焉不详，属于几近失传的极毒之药。用这样的千古奇药来毒一个两岁的孩子，此人必定十分残忍毒辣。

沈峰面色不改，缓缓道："对，我也猜出了几分，这符合古籍中所描述牵机之毒的症状。"

大师兄、二师兄两人站得很近，眼睛就这么相互逼视着，屋内气氛仿佛凝固了。薄幕云哪知其中有什么名堂，茫然地看着两人不知所措，丁晖晖则是救子心切，来不及细琢磨，哭道："大师兄，你手中不是有师父的'雪泥梨影镇毒丸'吗？它一定可以救安儿，一定可以的。"

大师兄仿佛没听见，对沈峰说："牵机之毒失传已久，普通人根本配制不出来，就算会配，也不会拿着害一个孩子。"

沈峰道："而且孩子整天不离我们身边，外人就算想下毒也难有机会。"

话说到这份上，不仅丁晖晖，连薄幕云也听明白了，大师兄是怀疑自己人下的毒，确切点说，就是怀疑沈峰干的。一、沈峰饱阅古籍，有可能发现牵机散的配方；二、母子连心，做妈妈的丁晖晖不可能对亲生儿子下毒，但外人又不可能有机会，只有沈峰嫌疑最大；三、他的根本目的是利用孩子中毒骗取"雪泥梨影镇毒丸"，解析后卖给制药厂大赚一笔。因为此丸平时极少使用，顾真人就没有用过，如果现在急拿急捉配制，以沈峰对药房现有药材的了解，加上分解丸药细细研究，一定可以发现其中的奥秘。

　　丁晖晖立刻叫道："不可能，不可能，沈峰他溺爱孩子，平时呵护得恨不得整天抱在手中，再说虎毒不伤子，他不可能为了钱做出这种伤天害理的事的。大师兄，不管如何，这件事总会水落石出，当务之急是先救安儿……"

　　出乎意料，大师兄将安儿往丁晖晖怀里一塞，转身道："解铃还须系铃人，让下毒的人解吧。"

　　丁晖晖呆呆地抱着安儿，难以置信地说："大师兄，你不救安儿？你是最喜欢安儿的，你忘了吗？安儿现在这个样子，如果得不到及时治疗，就活不过今夜……"话未说完哽咽不能成声。

　　沈峰上前一步道："大师兄，大人纵有千般不对，但孩子是无辜的。你怀疑我下毒也好，怀疑我想得到秘方也罢，人命关天，何况安儿也是你看着长大的，求你将是非放在一边，先救了孩子，哪怕明天我自缚双手跪在你面前任你盘问。"

刘海骄头也不回道："好，只要你承认是你下的毒，我现在就治，不会迟滞一刻。"

沈峰气得脸都变了形："刘海骄，你不要逼人太甚，挟技欺人，明明没做的事你让我怎么承认，我怎么会对自己的亲生儿子下毒？"

"你还是不认账是不是？天下竟有你这种视财如命的人，丁师妹嫁给你真是瞎了眼，我不管了。"刘海骄说完拂袖而去。

丁晖晖见他离去一时急火攻心，头一昏往地上栽，幸亏薄幕云一把扶住。

沈峰冲大师兄的背影大声说："我知道为师妹嫁给我的事你还记着仇，想不到你是这样一个心胸狭窄，睚眦必报的小人，今天我就将安儿放在堂屋里，要死也死在你这儿。"说完，他气呼呼地钻到旁边厢房里去了。

房门突然打开，正沉浸在这段错综复杂往事的几个人都吃了一惊，转头一看原来又有一名客人来睡觉了。外面漆黑一片，那人居然戴着个太阳帽和墨镜，帽檐压得很低，昏暗的灯光下看不清面目。他看了看里面的三人，知趣地靠门和衣躺下。

这一来薄院长住口不谈，打了个呵欠说"睡觉了"，他悄悄冲方成使个眼色，便自顾自地拉开一段距离睡下来。

方成急忙说："我睡到你旁边。"

薄院长正色说："那怎么行？万一夜里还有投宿的，正好是个坏人睡到梅小姐旁边呢？"

梅婕还真有些担心，赶紧说："方成，你睡到我旁边，不过要是你睡相不雅敢碰到我的话，当心我斩了你的手。"

睡在门口的人"扑哧"一笑，梅婕冲他喝道："有什么好笑的！"那人倒老实，不再出声，只是肩头一耸一耸显然还在窃笑。

方成被她直来直去的话闹了个大红脸，简直无话可说，嘟囔道："那我离你远点好了，真麻烦。"

山里的夜晚格外寂静，只有不知疲倦的山风吹来刮去，偶尔从遥远处传来一两声野兽的嚎叫。

方成睡得正香，不知什么时候迷糊间有人轻轻推他，一个激灵，他挺身而起，借着窗外透进来的朦胧月光见梅婕站在床边朝自己轻轻招手，然后蹑手蹑脚出去。

"这小妮子又有什么鬼花招？"方成觉得奇怪，也下床跟出去。

梅婕站在院子里，皎洁的月光柔和地披洒在她身上，修长的身材亭亭玉立，平时冷峻严肃的脸在月色映衬下分外明艳，调皮的山风不时将长发吹拂到脸上，平添几分秀色。

"什么事？"方成悄声道。

梅婕有些忸怩："能不能……陪我到后面？……我要方

便……"

方成恍然："原来如此，幸亏在山下买了手电放在包裹里，我拿过来陪你去。"

两人在手电的照射下，一脚高一脚低地走出院门绕到后院墙。梅婕拿过手电道："你别拐弯，就在这儿等我。"

方成耸耸肩，双手环抱看着天上的一弯明月，心道：如此良辰美景，如果有佳人在怀，共叙情话，该是件多么浪漫的事。可惜此时虽有女孩子，却是个小辣椒，而且明月当空下去方便，真是大煞风景。想想也是，算起来已经工作七八年了，成天忙忙碌碌不知做了什么，连女朋友都没工夫找。可是做这一行时间真的不属于自己，多少次了，都是在睡梦中被叫醒执行任务，有时出差一趟就得几十天。唉，组织上又有规定，结婚前不得泄露真实身份和单位，哪个女孩子能理解？正想着，突然听到后面一声尖叫，还未反应过来，便见梅婕仓皇地奔过来，一手抓着手电，一手提着裤子，并未完全拉上去，露出一抹惊心动魄的雪白。方成立刻持枪在手，问道："怎么了？"

"蛇……"梅婕用握着手电的手指着后面，仍然惊魂未定，胸口起伏不停。

方成松了口气，顺手接过手电跑向后面。其实这会儿蛇早应该游走了，看不看都一样，只是善解人意的他要留出时间给她整理衣服，毕竟刚才一幕太狼狈了。

再回头时梅婕已经将衣裤装束得整整齐齐，见他出来没有说话，微低着头走到前面，接近院门时猛地停下来，回头看看方成。夜色下她的双眼显得明亮而深邃，少有地轻柔道："谢谢。"说完就匆匆走了进去。方成愣了半天，抓抓头道："这有什么好谢的，女孩子就是奇怪。"

早上起床时，发现昨晚投宿靠门睡的人已经走了，方成想这人早出晚归，一定是有什么急事，于是漫步到院子外打了一路拳，微微出了些汗，这才回院子。正遇到老板在打水，想起什么似的问道："老板，你昨天说神医刘在梅花潭有个家，他家里还有哪些人？"

"没有人了，孤家寡人一个。听说十几年前娶了个媳妇，一直没孩子，后来不知为什么媳妇跑了，出了山，从此他就一个人过。所以他也不常在家，整个大明山就是他的家。"

"喔，还有这回事。"方成很感兴趣。在院子里一个人想了会儿，薄院长也起床了，打了声招呼后在院子里打起了太极拳。与平常所看到的不同，薄院长这套太极拳打得虎虎生风，一招一式间俨然有劲风扑面。方成看得暗暗咋舌，等薄院长停下来后急忙问："太极拳的要诀不是慢、柔、轻三字真经吗？你好像不太一样？"

薄院长一笑："极柔至刚，极刚至柔。太极是依阴阳而生，初级阶段是柔中带刚，以柔克刚，练到一定境界后，就变成刚柔相济，刚柔相糅，练至最高境界时，柔即刚，刚即柔，刚柔不分。"

方成脱口而出："就像小李飞刀说的，手中无刀，心中有刀不算稀奇，飞刀练到最高境界，应该是人刀两忘。呵呵，玄而又玄的中国神秘文化。"

薄院长走过去拍拍他的肩："如同你一样，身为护花使者，要做到身边有花，心中无花，不易，不易。"

方成茫然，过了半天才明白过来，连连道："你误会了，你误会了。"

又扯了几句，梅婕也醒了。吃过早饭后，三个人商议前进的路线。方成说反正鹰嘴峰在正南位置，不如绕个小弯先到梅花潭神医刘的家看看，向他的邻居了解一些情况，大家都同意。于是继续踏上崎岖不平的山道。

上路没走几步，梅婕迫不及待地要求薄院长继续昨晚的叙述，薄院长深深吸一口气道："和你们年轻人在一起，心情觉得轻快很多，可是一回忆起那天晚上的事，唉，心情立刻压抑无比……"

那天夜里风出奇地大，雨也下得急，一道道闪电将黑幕扯得七零八落，整个天地都发出惨白的光芒，一声声响雷震耳欲聋，仿佛打在人心坎上。

大师兄回房休息去了，二师兄在左厢房照顾昏倒的丁晖晖，堂屋里只有薄幕云守着躺在童车里的安儿。在炽白日光灯下，安儿的脸色惨白而有几分诡异，神情间仿佛有些似笑非笑的模样，反复摸他的脉搏始终是细若游丝的濒死脉象，只有身中极毒之物才会有如此反应。薄幕云心中一阵酸楚，昔日活泼天真的安儿一颦一笑、一举一动如电影般在心头闪过，怎么会这样？怎么会这样？他心里乱糟糟的，不知应该做些什么，只有一个念头：如果师父还在，就不会有今天。

想着想着，不知过了多久，一声炸雷触动了他：不行，我得为安儿做些什么，不管行与不行！

薄幕云起身到东厢房，在门口与沈峰碰了个满怀，急急将二师兄拉到一边道："三师姐可好？"

"喂了点安神定心药，睡了。"沈峰永远是不急不躁的样子。

"二师兄，做师弟的说一句，为了安儿，你就到大师兄面前认了吧，只要能救好安儿，受点委屈算什么？大师兄也是在气头上……"

沈峰奇怪地看着他，良久才叹道："小师弟，在我们师兄弟中你天资虽差，但宅心仁厚，以后前途不可限量。你还不明白吗？大师兄这是在勒车打马呢。凭一起生活了这么多年，你相信我会对安儿下毒手吗？就是大师兄心里恐怕也清楚得很。这个账我不能认啊，你想想，如果我认了以后会出现什么情况？"

"什么情况？"薄幕云还是不明白，碰上这些绝顶聪明的师哥们，恨不得长两个脑袋才好。

"眼下情况真相不明，晖晖被大师兄说得摇摆不定，我一松口即成铁案，那时虽救活一个，我却失去两个啊。小师弟，你想我能承认吗？"

经这么一点拨，薄幕云明白了。沈峰如果承认是自己干的，作为妻子的丁晖晖绝对不会原谅他，而安儿长大后当然要恨透这个曾经为了钱置自己于死地的父亲，他将落到孤家寡人的地步。想到这里，他暗暗心惊，想不到素日忠厚老实的大师兄会有如此深的心机。

<h1 style="text-align:center">六</h1>

沈峰又道："眼下我别无选择，只有再到师父的房中找找书，看是否有良方。安儿就有劳你照看，来之前我已经用药托住，最多可捱至凌晨，届时病情恶化将无可挽回。求你再央求大师兄出手，拜托！"说完他匆匆冒雨跑进后院师父住的老屋。

看着二师兄单薄的背影，薄幕云百感交集，决定拼着一骂也要求大师兄救活安儿。他打定主意，冒雨跑到前院大师兄的卧室，推开门一看，里面没人，叫了几声也没人答应。上哪儿去了？薄幕云再到书房、药房、干药房、前客厅找了一遍，都没有。

他灰心丧气地回到中堂屋，正好瞧见安儿微微动了动，还咂了一下小嘴，当时心灵最深处被深深触动了，心酸得流下泪来，恨不得狠狠抽自己的耳光。他恨自己太笨，水平太低，太无用，面对最亲近、最无助的安儿竟然束手无策，眼睁睁地看着安儿一步步面临死亡。而十几天前才听着安儿用稚嫩的童声叫自己"叔叔"，学了十几年的医有什么用？将来自己如何向最疼爱安儿的师父交代？自己真是世界上最没用、最废物的人……

　　情绪过于激动的薄院长讲到这里再度流泪，哽咽不能成声。方成和梅婕都惊呆了，没想到二十年前的一次挫折竟给这位事业有成的知名专家这么惨痛和刻骨铭心的打击！

　　扶他到路边的石头上坐好，两人不知说些什么来安慰他，只好默默地陪坐在两边。

　　渐渐平息了情绪，薄院长低声说了声"对不起"，掏出手帕擦掉眼泪，道："失态了，不好意思。"

　　梅婕忙道："是我们不好，勾起了你对往事的辛酸回忆。"

　　摆摆手，薄院长神情黯淡地说："这些事我不说，你们迟早也会调查到，现在说出来，是对我们师门负责，也让你们对大师兄有一个全面的了解。但是我希望你们不要向外人提起，无论如何，这是我们师门内部的事，这么多年来，我没有对谁说起过。"

　　方成道："薄院长尽管放心，我们形成的书面报告直送总局，只有内部极少数官员可以看到，然后立即封存，绝对不会流传到社会。"

薄院长点点头："我说给你们听的另外一层意思是，那天夜里的事至今还是悬案。由于当时大家情绪都比较激动，各人只顾表达自己的想法，根本听不进别人的话，所以一直没有心平气和地坐下来认真讨论、排查。我希望这次找到大师兄多了解一些情况，借助你们情报机构的资源和能力，将当年的事弄个水落石出。"

"喔，后面还发生了？……"梅婕迫不及待地问，她越听越觉得事情不简单。

"对，后来发生的事更是谁都没有想到……"

薄幕云自怨自艾了好久，突然想起来，应该让丁晖晖单独找大师兄，求他回心转意。想到此，他赶紧跑到东厢房叫三师姐，一进去，却发现原来躺在床上的丁晖晖也不见了。当时他的第一反应是：她一定找大师兄去了。

可是大师兄并不在自己房间，她很可能漫无目的地到处寻找，耽搁了时间，不如自己也出去找大师兄，两个人总比一个人强。薄幕云回到堂屋，看看仍在昏迷之中的安儿，转身冲进了雨中。

外面一片黑暗，瓢泼大雨浇得他眼都睁不开来，依靠手中手电发出微弱的光，跌跌撞撞地不知摔了多少跟斗。他直奔后山的"百草洞"，大师兄喜欢在里面摆弄各种药汤剂，经常一待就是很长时间。此番激烈争执后心情不好，大师兄很可能钻到那儿去。好容易挨到后山，远远看到洞口透出灯光，心中一喜，果然没找错地方。急走几步来到洞前，正待进去，就听到大师兄的声音："你究竟是相信我，还是相信他？"

薄幕云明白，一定是三师姐先找到了这儿。微一迟疑，觉得不进去为好，也许只有他们俩人时，面对丁晖晖的求情，大师兄会心软，于是他躲在一旁偷听。

"别逼我了，现在我只想求你快些治好安儿，我现在头痛得要裂，不想再听这些与安儿性命无关的争执。"果然是丁晖晖在说话。

大师兄的语气缓和下来："师妹，你也听师父说过'雪泥梨影镇毒丸'的副作用，此药一吃就意味着安儿以后不能生病，否则每次都是一个漫长的治愈期，就像病恹恹的沈峰一样。牵机散不是绝对无药可解，配制此毒的人就会解毒。不对症下药，就是对安儿不负责。"

"我不管了，我不能看到安儿今晚就死在我面前，这样我会发疯的。求求你了，大师兄，不管今后如何，请你先治好他吧。"

"但是沈峰再下毒呢？今天不将他逼出来，他不会罢休的。"

"大师兄，沈峰不会做出这种事的，请你相信他。我知道，因为我的缘故，你对他一直有成见，但他的确是个好人，不骗你，真的。"

刘海骄突然爆发了："他算什么好人?！他凭什么从我身边抢走你?！他算什么东西?！我最看不得他一副阴阳怪气的样子！我整天跟在师父后面四处奔波，行医就诊，他做了什么？他除了窝在家好吃懒做外就是骗取你的同情，骗走了你的一切！我今天就是要揭出他的真面目!"

丁晖晖泣不成声："大师兄！你怎么能这样说呢？我是心甘情愿和他在一起的，他没有欺骗我。沈峰真的是个好人，你听我说一件事，这件事师父生前嘱咐我绝对不能告诉你，可是……"

薄幕云立刻竖起了耳朵，可惜她的声音压得很低，偏偏这时又连续十几个响雷将洞里的声音完全淹没。等雷声渐渐隐去后，再听时丁晖晖关键的几句话已经说完，而大师兄说话时已经没有先前的愤怒和阴沉，就听他平缓地说："既是如此，此事真伪当可辨认。安儿的脉搏我查过，可支持到凌晨三点，原想拖延至二点多迫沈峰吐出真相，或是他出手用最直接的解药。现在看来还是先治安儿吧，我们走。"

薄幕云想自己全身湿透瞒不过他们，不如现身相见，于是装作刚到的样子气喘吁吁地跑到洞里，佯作不知前面原委道："大师兄，求你先治好安儿吧，有什么事以后再说。"

大师兄看看他，手一挥："好，先去救安儿。"

三个人冒雨冲到院子里时，正好看见沈峰用一本书挡住头从师父屋里跑出来直奔中堂屋，双方在屋檐下碰到一起。沈峰一抬头看到他们三人，显得很意外，从气氛中估计到大师兄八成是松了口，面有喜色地让到一旁，由他们先进。

刘海骄先进屋甩甩头上的雨水，走到安儿童车面前，突然脸色大变，说话的声音都有几分颤抖："安儿呢？"

众人大惊，围过去看，童车里空空如也，安儿不见了！

薄院长叹了口气，继续说："那天夜里陷入一片混乱、嘈杂和激愤中，先是大家发了疯似的到处找安儿，直至个个精疲力竭地无果而返，每个人都在发火，每个人都在指责别人，甚至将以前陈年芝麻小事都翻出来说。对于大师兄而言，他不该迟迟不帮安儿治疗试图以此逼沈峰就范；对二师兄而言，疑点又集中到他身上，因为我们其他三人在一起，只有他一个人在院子里；对我而言，不该将孩子一人扔在堂屋跑出去。当然归根结底是大师兄不肯爽快地为安儿解毒才导致这种结果，最后我难以抑制心头的愤怒，甩了平时尊若师父的大师兄一个耳光，冲入茫茫雨幕中。从此我就一个人流浪行医，与他们失去了联系，不知道后面的情况如何，也不知大师兄为什么承诺不出大明山步。"

两人听完这段长长的往事，不约而同松了口气，梅婕抢着问："孩子就一直没有下落？"

"不知道，就算有下落又能如何？没有大师兄的'雪泥梨影镇毒丸'，他活不过凌晨三点。"薄院长语气中不无落寞，也许在他心中，无力救治安儿是永远的痛。

方成安慰道："世上没有绝对的事，也许偷走安儿的人就有把握治好他，"他立即换了个话题，"你的叙述中一直说自己在几个师兄弟中水平最低，是不是有点过谦了？"

薄院长斩钉截铁道："这是当然，不仅水平最低，而且用医的境界上与他们相差太多。当然在后来我独立行医时意识到一个问题，那就是因为师兄他们太出色、太有光彩，我一直活在他们的阴影下，长期以来产生了惰性和依赖性，凡事不主动思考、不努力解决困难。大学毕业后，在中医学研究所，我受益匪浅，无论实践还是理论都有了长足的进步，这是后话了。"

方成暗想虽有进步，但还是比大师兄差了一针，那可是致命的一针啊，接着问："顾真人在世时对你们几个有何评价？"

微一思索，薄院长坦率说："师父对我们几个都不满意。大师兄长于实践，灵巧有余，创新不足，拘泥于现有学识，不敢探索自己未知的领域，在几个人中他的水平最高，但达不到师父继承人的标准。二师兄理论功底深，临床经验不足，有时难免书呆子气。三师姐性格浮躁，本来就不是学中医的苗子。至于我，呵呵，不再说了。所以师父一直担忧衣钵的继承问题，安儿的出生是他的希望，可惜……"

方成赶紧岔开道："你有没有带几个出色的徒弟出来？"

这句话显然说中了薄院长的心思，他重重叹了口气："这就是现代意识对传统医学的冲击了，现在的年轻人哪里能做到像我们当年一样吃苦耐劳？也难怪，学一身本领有什么用？没有文凭、职称，水平再高也得不到重用。就是我本人，还不是到大学、研究所里镀了层金？几年前也想选几个年轻医生跟在我后面，风声才传出去，就变成说薄院长想提拔年轻人做干部，培养接班人了，结果家里、单位打招呼、说情、递条子的不断，弄得我……唉，现在再也不敢提了。"

边说边走，转眼已近正午，方成挑了个荫凉的大树说休息一会儿，吃些干粮，今天走得不快，看来要在外面露宿了。

梅婕道："你对大明山怎么这么熟悉的？来玩过？"

"不是，当年我们在这儿进行残酷的野外生存训练和实弹演习，所以这里的地形我相当了解。我们曾经负重四十多公斤在山上……"他突然停住不说。

"说下去啊。"梅婕喜欢直来直去，最讨厌吞吞吐吐地说话。

"不能说了，事关军事机密，"方成干巴巴道，咽了口面包，转向薄院长道，"中医对哮喘病有无好的治疗手段？"

薄院长沉吟了会儿："没有，中医历来有个说法，外不治癣，内不治喘。这是中西医共同的难题。"

梅婕道："据说中医对一些癌症都有办法，怎么会攻克不下哮喘呢？这病特殊在哪儿？"

"哮喘是一种呼吸系统变态反应性疾病，从西医角度讲，是由于急、慢性支气管炎，呼吸道过敏症，肺炎，肺纤维化等引起支气管慢性炎症、支气管痉挛而出现的症状，中医认为肺道不能主气，肾虚不能纳气，脾虚而生痰气，气逆于上，而发于喘急，故哮喘病为肾、肺、脾三虚之症。"

梅婕道："邓丽君就是死于哮喘。"

薄院长点头："邓丽君临死前曾大量应用西医的气雾剂，这种药物虽能解除支气管痉挛，但会刺激交感神经，引起心动过速，她是死于严重心律失常。"

"中医呢？中医在治疗哮喘方面有哪些好办法？"方成记得费处的嘱托，公私兼顾。

"根据中医'春夏养阳'的理论，对哮喘病一般采取'冬病夏治'。哮喘病多发生于秋冬，患者在夏季发病少而放松治疗，其实不然。秋伤于湿，冬生咳嗽，夏季毛孔开泻，易伤津耗气，造成阴阳两虚，入冬后就容易受风寒袭击，所以在夏季宜利用气血经络通畅，皮肤腠理完全开泄，用药物直接通过经络到达患处，清补扶正，滋阴补气，以恢复体内阴阳平衡，减少哮喘发作逐步达到治愈目的。"

"喔，冬病夏治……"方成听得如堕雾中，只记得这四个字，可以回去向费处交差。

七

再次上路梅婕已有体力不支之感，两腿像灌了铅似的无法抬起，脚底仿佛扎了千万根针一触地就疼到心里。看看健步如飞的薄院长，一想人家已经四五十岁的人，难道自己年纪轻轻的还不如他？咬咬牙，埋头苦捱。

不知不觉已是日近黄昏，飞鸟归巢，一阵阵萧索的风从密林深处吹出，直凉到人的心里。崎岖的山路沿途布满巨石、丛林，沿着溪水在大山沟蜿蜒。看不到天，看不到地，满目的古树和藤蔓，偶尔会从中窜出一条小蛇惹得梅婕阵阵尖叫。

薄院长看看天色道："差不多了，我们就地休息吧。"

方成点头："好，我去砍些柴火来。"

梅婕愣愣说："现在就吃饭、睡觉？是不是早了点？"

方成道："大小姐，早睡早起是山里人的习惯，明早可不能睡到八点钟，天一亮就要赶路。"

梅婕撇撇嘴，少见地没有反击。自从进入大山，她处处不适应，都市生活的习惯使她在山中像是个不懂事的小孩子，人在屋檐下不得不低头，她连脾气都改掉了许多。

薄院长选中了地势相对较高、地面平坦的沙土地，看看位置说正合适野营，然后就开始搭篝火架，方成在旁边熟练地劈柴生火。插不上手的梅婕有些不好意思，找了半天，拿出食品袋准备食物。

吃完晚饭，薄院长坐在篝火边若有所思道："你们找大师兄的来意恐怕不单纯，应该不仅仅是调查背景和行医的真实性吧。你们放心说吧，我是共产党员，党委书记，政治方面属于组织上信得过的人。"

方成笑笑道："安全部门行动都有一定的机密性，不过这件事调查的目的倒很简单，上级要求我们证实神医刘医疗水平的真实性，弄清他的详细资料和社会背景，保护和抢救民族遗产和中医文化，将他带出大明山送到北京。"

"这就对了，我也猜到如果只是怀疑有人利用行医诈骗，不会惊动到安全厅。唉，早就应该如此了，这些年来国家对中医的投入和重视程度甚至比不上西医的一个学科，多少知名老中医都被日本、韩国等挖走，很多独门手艺和岐黄技巧在国内都失传了，我是看在眼中疼在心里啊。"

梅婕点点头笑道："幸好现在国家已经觉察到形势的严峻，连方成这么优秀的特工都用上了。"

方成哭笑不得："你是在夸我还是损我？"

薄院长叹息一声道："只是不知大师兄是否因安儿的事觉得后悔，对二师兄发下不出大明山半步的重誓。如果是这样，估计你们很难完成任务。我们都是走过江湖的人，对誓言看得比生命还重，他不会违背自己的承诺。"

方成笑嘻嘻道："誓言是死的，人是活的，办法太多了。一是像上次的亿万富豪一样，让病人乘直升机来，不过出于安全考虑和行程安排，可能性不大；二是用直升机来接神医刘，飞机就叫'大明山'，然后降落地点也叫'大明山'，如此这般，神医刘不就没有违背不出大明山一步的诺言吗？"

薄院长一怔，随即大笑起来："还是你的心思活泛，我们都老了，真的老了。"

梅婕哼了一声："雕虫小技，上不得大台盘，真正的大智慧、真男人，就应该一诺千金，玩不得半点虚假。"

方成哭笑不得："喂，请出神医刘是我们的任务，你到底站在哪一边？"

"这是原则问题，我佩服坚持原则的人，这与任务无关。"梅婕的犟脾气又上来了。

见两人又喋喋不休地开始争论，薄院长头都大了，伸伸腰道："我到附近散一会儿步，松松筋骨。"

梅婕吐吐舌头："你还能走？老天，我现在恨不得睡三天三夜。"

见薄院长走远，方成变魔术般亮出一根针，命令道："把脚伸过来。"

梅婕不解："干什么？你也会针灸？"

"神医刘的一手我不会，但我会挑血泡，这样明天你走山路才会感觉好点。"说着方成将针伸到火里烤了烤，算是消毒。

梅婕愣了愣，扑闪着大眼睛望了他一眼，脸上露出少有的羞色，依言将腿伸过去……

不远处的树林里，薄院长两手负在背后眯眼看着篝火边的男女，微微笑了。

第三天上午，三人终于抵达梅花潭。这里十几户人家都是依山傍水，看上去好不悠闲。梅婕远远见了不由赞道："多有诗意的小山村，多么优美的意境，我老了以后也在这儿建个小屋。"

方成道："没有厕所，没有浴室，只有蛇和野兽，大小姐你受得了吗？"

梅婕叫道："你这人怎么专门大煞风景？！"

薄院长笑笑，对两人说相声般的争吵已经习以为常，先走到前面去了。

神医刘的三间瓦屋果然铁将军把门，住在前面的邻居得知他们的来意，笑道："你们运气不好，昨天他刚刚从鹰嘴崖回来，晚上他还在家研药的，后来前山有人传话说有个两岁多的孩子病了，他今天起了个大早，天没全亮就赶过去了。神医刘就这个脾气，见不得孩子有病，听到谁家孩子生病，他立刻放下手中事，而且事后不收诊费。好人呐。"

三人彼此望望，看起来越说越像刘海骄了，薄院长道：

"你知道他的大名叫什么？"

邻居困惑地搔搔头："啊哟，这可问倒我了，叫了十几年的神医刘，谁还记得真名？他住这儿也是大家叫他神医以后，看他没地方住，大伙儿就一起动手，为他盖了这房子，后来还为他介绍了个媳妇，也是山里的。可不知为什么，好端端的日子不过，她跑了。真是，好人没好报啊。"

方成问："他去前山哪个沟？"

"一看你就是熟悉大明山的，不问村问沟，前山神石沟，不远，现在动身下午就能到。"

梅婕一听几乎崩溃，"扑通"坐到石头上："不能再走了，我要休息。"

方成靠近她耳边悄声道："如果我找个地方让你痛快地洗个澡，你走不走？"

她一跃而起："好，你带我去，不过，"她瞪着他，"你不准偷看。"

方成简直怀疑这小妮子说话不经大脑思考，这种话是这种时候说的吗？无奈之下只好道："我先带你去，然后回来和薄院长到那边聊天……"

等方成回来，薄院长笑道："真性情的姑娘，一方水土养一方人呐。"

方成叹了口气："幸亏我脾气好，换个人早和她崩了。没办法，都是为了工作，你说呢？"

薄院长忍着笑："男女搭配，干活不累，我看你们就这么吵吵闹闹的倒挺有意思。不像我们医院，知识分子成堆，一个个文质彬彬，说起话来温文尔雅，可有时话中暗藏的机锋让你犯琢磨，我这个院长成天操心的不是业务，而是人际关系。唉，所以我就觉得梅婕这姑娘可爱，想什么说什么，不藏着掖着，好相处。"

方成想了想，觉得也是："我们这边的女孩子委婉含蓄，说老半天不明白什么意思，有时是很累。"

"那么，你觉得她还不错？"薄院长话中有话。

"哪里，"方成觉得薄院长和费处差不多，什么事都往男女关系上引，不想继续这个话题，"如果找到大师兄，你准备怎么办？"

薄院长道："一是想请他出山帮帮我，现在看来要先给你们让路了；二呢，再谈谈二十年前那个夜晚，我心里总觉得那件事没有了结。安儿失踪了，究竟到哪儿去了？起码活要见人，死要见尸吧。还有，二师兄他们这些年在哪里，唉，想说的话太多太多……"

"看来和你一样，神医刘也没有收徒弟，孤身一个。难道在现代社会里，收一个好的徒弟有这么难？"

"当年顾真人收养我们，一是出于同情心，二是想将一身本领传授给我们，为民造福。在他看来，只有从小吃住在一起，耳濡目染，才能潜移默化地学到很多无法用语言表达的东西。正因为如此，是大师兄还是二师兄与丁晖晖成亲，在师父看来都一样，只要能生出第三代，就算是家里人，可以从很小的时候就培养他、锻炼他，使师门一脉的香火延续下去，发扬光大。所以对于安儿失踪，我们的心情多么沉重啊……"

舒舒服服地洗了个澡，神清气爽的梅婕主动要求出发。薄院长直摇头："再休息半小时吧，别看这会儿精力充沛，其实洗澡后体内神气已散，上路走几步后你会比刚才还累。"

别看梅婕常将方成顶得一愣一愣的，倒是很听薄院长的话，一声不吭地坐下歇息，顺便将辫子松下来重新梳理。在阳光下，她的长发柔顺而光滑，直披得遮住大半边脸，显得一种舒服随便的写意。

由于知道神医刘的准确下落，三个人精神一振，情绪也好了许多，说说笑笑地直奔神石沟。一路上方成谈到科班出身的中医比不上民间医生，薄院长承认，说正如真正的武林高手都在民间一样，中医的精髓完全在于言传身教，口授秘传，光靠课本上教条式的理论是远远不够的。他打了个比方，学中医的都要背一张人体经络穴位图，这是一个难点，不光难记，而且难懂，更糟糕的是，到了临床应用时十有八九没用。为什么？因为他们虽然学的是中医，用的却是学西医的方法，以西医的眼光来分析解决中医的问题。

梅婕感兴趣地插道："那么人体中是否真有穴位可以点了以后僵住不动？是否有哑穴？"

薄院长并起双指，微笑道："你想试试两个小时不说话？"

梅婕急忙跳开："让方成试。"

"呵呵，"薄院长收起手指，"中医认为，人体内部除了血脉流动，还有一股流动不息的气。西医是不承认气这个概念的，中医从理论上也解释不清。只有练过气功的人才真正体会到气的感觉。而穴位理论，就是建立在气的基础上，点穴，实际就是截断气脉。"

梅婕沉思了会儿道："总局的档案中有这么件事，一个来自陕西的武术高手在湖南开院收徒时被当地黑社会的踢馆，院内家具、装饰、盆景等被砸得一塌糊涂，还打伤了几个人。打110报警，警方不知何故迟迟未到，那位高手忍无可忍，大喝一声，'大不了不在这里混了'，说完闪入那帮家伙当中。一阵眼花缭乱后，七八个人被点倒在地，而高手不知踪影，后来再也没人看到过他。被点倒的人都被送到医院，结果死了一个，三个右腿残废，剩下几个成了鸡爪手，成天悬在半空中哆嗦。"

"那是专业点穴高手，与中医又有区别。他们点的穴位分为重手和轻手。重手就是这位陕西高手做的那样，一旦出手非死即残。轻手是酸穴麻穴之类，只让对方短时间内失去抵抗和攻击力。中医不同，我们掌握的穴道都是与身体机能、活络气血有关的，主要是养生健身，治病救人。"

方成道："上次亿万富豪是不是就被按摩小姐无意点中

了重手穴位？"

"举一反三，你也是学中医的天才。不错，人的脚部有许多关系全身经络的大穴，按摩小姐所点中的，是一个平时隐藏在经络内部的致命穴位，只有在非常特殊非常巧合的情况下才暴露出来很短的时间，被点中的概率只有几千万分之一。酒色过度可能是原因之一，它会导致浊气下沉，经脉混乱。"

"难怪他可以成为亿万富翁，这么小的概率都能被他碰上，以后他专门买彩票好了。"

"那是，点中穴位的概率很小，能遇到诊断出症状的中医更不容易，精通穴位的，一千个中医里找不出几个。他的命好，正好大师兄就在附近，否则三天之后将气绝身亡。"

方成、梅婕听了暗暗心惊，连说可怕，古老的东方神秘文化的确深奥难测。

"其实东方文化，包括气功、中医、围棋，说穿了可以用一幅图来概括，那就是阴阳八卦图。黑白相间，阴阳交泰，讲究的是平衡与协调。天为阳地为阴，日为阳月为阴，男为阳女为阴，火为阳水为阴，天地万物尽在其中。"薄院长悠悠道来，徐徐山风中隐隐有仙风道骨之感。

方成出神地想了一会儿，笑道："恐怕我一辈子都不能弄懂八卦图，单是围棋我就学不好，说来也下三四年了，水平总不见长进。"

"学围棋和学中医一样，靠的是悟性和灵气，光凭死用功学不来。苏东坡一生追求琴棋画书样样精通，其他三样都达到很高的造诣，就是围棋水平总是上不去，无奈之下只好自嘲曰'胜则可喜败亦欣然'，哈哈。"

八

过了正午，梅婕香汗淋漓，脸色苍白，走路跌跌撞撞完全没了劲，有时不得不接受方成的援手，气都喘不过来，没有闲心找碴和方成斗嘴了。薄院长也越走越慢，时时停下来擦汗，连叹年岁不饶人。只有方成像是铁打的，始终保持良好状态，还将梅婕的背包和薄院长的皮包都拿了过来。

就这样连拖带拽，到下午四点多钟时，终于看到前面有几排小瓦房，梅婕勉强振作精神道："好了，终于可以休息了。"

方成眼尖，远远看到神石沟的村民正三三两两地聚在一个屋子前面，神色怪异地议论什么事，心头一紧道："好事多磨，恐怕我们还是歇不成。"

再向前走了二百多米，方成冲村民们喊道："请问神医刘在不在？"

没人答应，村民们都用怀疑的目光看着他，好像他的到来是件不好的事。

梅婕亮出证件："我们是公安局的，专门来找神医刘有事。"

这句很有效果，一个干部模样的人站了出来："你们来迟了，这里刚刚发生了一件事与神医刘有关，现在他已经不在这儿了。"

"你是村主任吗？"方成上前与他握手，并亮出工作证。

"是的，我姓陈。请进屋吧，因为上午发生的事，大伙儿都有点不安，不知道会发生什么事。你们来了正好，调查一下，看究竟是怎回事。"

这么一说，三个人更加忐忑，不知神医刘又有什么事。

今天一大早神医刘就匆匆赶来，还带着在路上采集的草药。昨天传话的人说孩子抽搐、发高烧，他估计与受到惊吓有关，山里野兽毒蛇多，孩子常有被吓着的情况。来到老周家，稍稍问了几句，就去看孩子。刚见到孩子的模样，他就一怔，然后急急地搭脉、翻看眼皮。突然间，神医刘脸色变得煞白，眼睛直勾勾地盯着孩子，手指僵直在半空，嘴唇颤抖着想说话可又说不出来，好像见到了一件极为可怕的事。老周家的人吓坏了，以为孩子出了大事，连忙摇动神医刘问什么病。好半天他都没有反应，更加紧张，慌里慌张地把我们都叫过去。

我们围着神医刘也不知怎么办才好，以前从没看见过他这样。大伙儿就这么等着。不知过了多久，他一下子惊醒了，围着孩子走了一圈，嘴里说"你来了""你来了"，反复说了几十遍，然后好像没有看到我们一样，头也不回地冲出去。就这样，一直到现在都没有回来。

薄院长忙问："孩子在哪儿？"

"老周家，他的孙子。我带你们去。经神医刘这一闹，大伙儿都不敢到他家去了。"

一进门，薄院长直奔孩子床前，用手搭住孩子的脉搏。只一瞬间，他的手如触电般地缩回来，神色有些惊惧地看看孩子，又翻翻他的眼皮，扳开嘴看看舌苔，脸色顿时灰败而惨无人色，双手不住颤抖，看着方成，声音有些嘶哑地说："牵机散。"

方成、梅婕双双"啊"了一声，顿时生出毛骨悚然的感觉。难怪神医刘要害怕得逃入深山，同样可怕的毒物，同样出现在两岁孩子身上，又巧合地让他碰到，难道是冥冥中安儿的冤魂前来报复？

扶薄院长出去，等他稍稍平息下来，方成问："这次中毒会不会是个巧合？"

薄院长摇摇头："不可能。我对你说过，牵机散是种几乎失传的极毒之物，配制它需要有很高的水平和相当复杂的程序。那天晚上我起初不明白大师兄为何一口咬定是沈峰干的，后来安儿失踪后从他们的争吵中才听出来，牵机散的配方中有一味药引叫'柽檽'，这是一种生长在南方的罕见草本灌木，在我们这个地方根本找不到。以前师父去过南方，采集了十几株放在家中，只取一点点用作配制一种专门治疗胃出血的丸药作辅方。所以说，如果有牵机散出现，必定是我们师门中的人干的。"

梅婕倒吸一口凉气："原来如此，那这次牵机散的出现意味着什么？会不会是沈峰和丁晖晖找神医刘报仇？"

"如果报仇，那天晚上就下手了，何必等二十年？可不是他们又会是谁？"薄院长显得方寸大乱，完全失去了判断力。

方成找来村主任，问昨天这里有没有外地游客来过。村主任想了会儿说，不多，只有两拨人，一拨是三四个人一起来的，下午就走了，还有一拨只有一个人，没有什么太阳，还戴着墨镜太阳帽，村里的孩子都觉得好玩盯着他看。

"有没有谁接触过老周家孩子？"

村主任说不知道，一直蹲在墙角的老周插话道："有，就是那个戴太阳帽的人，他还抱了孩子呢。"

方成赶紧问："你们知道他长什么模样？"

这一下谁也说不清，村主任迟疑道："那个大墨镜就遮了半边脸，只记得有一缕小胡子，其他就没有印象了。"

"说话什么口音？"

"他没有说话，就是笑。"老周道。

方成立刻掏出手机要打，村主任说这儿没信号，手机打不出，村里本来有部电话的，这几天正好坏了。

梅婕道："你怀疑是那个人？"

"我们在黑龙寨遇到过他，他很晚才投宿，天那么黑，他还戴着墨镜和太阳帽，早上天未亮就走了，当时我就觉得奇怪，只是没往深处想。现在看来，他早有预谋，不想让任何人看到他的真面目。我们昨天往梅花潭走的时候，他就是要去神石沟。他是设好圈套让神医刘钻的。"

老周没听见他们说话，只是蹲在门口唠叨："神医刘上哪儿去了？孩子还等着他看病呢。大明山里的病都是他看好的，他可千万不能有什么闪失啊。"

薄院长不知想到什么，猛地站起来冲进屋。老周愣了一下想阻拦，方成跟在后面道："他也是医生。"随即跟了进去。正好见到薄院长再次仔仔细细地搭孩子的脉，脸上惊疑之色越来越浓。

"怎么了？"方成轻声问。

薄院长转向老周问道："从昨天到现在，孩子吃过什么药没有？"

老周摇头："没有，连一点米汤都没喂。大明山的人都知道，不管什么病都不能乱吃药，一定要等神医刘来。"

"这孩子的脉象竟与当年安儿的情况一模一样。按说身中牵机散后很短的时间内会立即毙命，当年全靠沈峰仗着精湛的医术用药托住，延缓毒的发作时间。可这孩子什么药也没吃，大师兄也没有为他作任何治疗，脉象间分明有股药力托住毒物使它无法发散，真是奇怪啊……"

梅婕沉思道:"也许下毒之人有意拖到今天让神医刘看到。"

薄院长站起身,心烦意乱地转来转去道:"这种猜测更加可怕,简直让我不敢想象。"

"为什么?"梅婕怔怔问。

"下毒也是一门极其复杂的学问。中医里许多治疗手段就是以毒攻毒,所以用毒的分寸、深浅、时间的把握、对解毒的反制等等,须考虑得十分周到。我们师兄弟中只有大师兄有此天分从师父那里学到这方面的知识。像牵机散这种毒药,能配制出就具有很高的水准,倘若说能控制毒的发作时间,其配制水平、药理水平简直出神入化,炉火纯青,别说我做不到,就是沈峰、大师兄也没这样的水平,恐怕只有我师父顾真人在世才有此能力。"

"那现在不需要对孩子做什么救护性工作了?"方成道。

"有体内那股药拖延着,孩子能撑到晚上,不知大师兄是否到山上配制'雪泥梨影镇毒丸'去了。事隔二十年,我想他不会再错一次。"

突然想到什么,方成脸色一变:"不好,神医刘有危险!"

梅婕也反应过来:"下毒之人或许料中他的反应,事先在山上设好陷阱等他自投罗网。我们快去!"

听说要上山找神医刘,村民们自告奋勇站出几个一起去。此时已近黄昏,山中野兽、毒虫蠢蠢欲动,密林深处危机重重，但是神医刘对大明山百姓的贡献太大，使村民们均能不顾自身安危。

一行人拉网式散开，边寻边大声呼喊。空谷传声，山里回荡着"神医——神医——神医"。日薄西山，阵阵山风已让人略感寒意，而萧索的树木哗哗响动，为寂静的山林平添几分神秘。

村主任边擦汗边冲几个小伙子叫道："加把油，嗓门扯大点，别像娘儿们一样。神医年纪大了，不会走得太远！"

薄院长低声对方成道："这么大的山，杀一个人根本找不着，如果下毒之人真是找大师兄麻烦的话。可是究竟是谁呢？不可能是沈峰和丁晖晖啊……"

梅婕埋头想了会儿道："顾真人除了你们几个外，有没有其他弟子？或者有无与你们师门有渊源的人？"

"没有，就我们几个已经够他忙的了。"

方成眉头紧锁，这是他陷入沉思的标志。如何在看似模糊不清的迷雾中找出一根最简单、最清晰的脉络呢？他破获过几起境外间谍案，每次都拉网式地先圈定一个嫌疑人范围，有时三四人，有时多达十几人，再像梳理辫子似的细细研究，一个个排除，最后确定真正的间谍。这次呢？谁是嫌疑人？谁有作案动机？以什么标准去甄别？

梅婕很有信心道："神医刘掌握的东西可能比你更多，找到他，至少可以解开一些疑团。"

"但愿如此。"薄院长话虽如此，却没有信心。

转眼一个小时过去了，他们才搜索到半山腰。村主任看看太阳已经落山，天色开始暗下来，找方成商议道："不能再向上了，太黑也找不出结果，不如横开来到几个断崖看看，没有的话只好下山。这山里只要天一黑就伸手不见五指。"众人都同意，于是分成三路往不同方向进发。

方成、梅婕和薄院长三人沿着山路南侧爬上一处断崖。此时光线相当暗淡，目光所及不能看清十步以外的物体。在方圆不足二十平方米的山崖上转了转，薄院长和梅婕准备下去。方成忽道："慢，这儿今天有人来过。"

九

"你看到什么？"

方成指指断崖边的几株野草，均是齐根处被人踩趴到地面上，有一株的断口处显示是新擦痕。梅婕奇道："断崖下面深不见底，掉下去绝对没命，谁会这么大胆将脚踩到这么险的地方？"

薄院长趴到地上，慢慢移至崖边探头看了看，道："可能是大师兄，这断崖下口处好像有一株少见的药草，可能就是他所需要的配方原料，但是，伸手也够不着……"

方成看看四周，目光盯住四五步远的一棵大树，转到树下看了看，道："有了，神医刘应该是先用绳子一头拴住大树，另一头绑在腰间悬下去的。"说着他用手指住树干，果然上面有明显的绳子勒痕。梅婕吃吃道："会不会不小心掉下去？……"

方成道："你们两个一人抓住我一只脚，让我悬空下去看看。"

梅婕抢着道："不，我身体轻，让我看。"

方成还要争执，梅婕沉下脸叱道："别婆婆妈妈的，现在我命令你，快，时间紧张。"

方成无奈点点头，和薄院长趴到地上，双手紧紧抓住梅婕的脚，她一点一点沿着断崖慢慢挪下去，等上半身完全悬在空中时，方成不肯让她再往下。梅婕尽量睁大眼睛向下看，隐约间见悬崖半空中伸出的一棵树上有团灰色的物体，心中一喜，大声叫道："神医刘，是你吗？"

没人答应。

那团物体越看越像是人，梅婕示意两人拉她上去，急促道："快让村主任召集所有人来，神医刘应该就在下面。他命不该绝，一棵伸出断崖的树枝正好托住了他。"

过了会儿，所有上山搜寻的人都集中过来。山里人身上常备绳子，几个人一凑立刻接成长长一道。方成这回坚决要求下去，梅婕拉着他不准，方成道："这里面只有我的身手最灵活，而且受过专业训练，只有我下去。"说着就将绳子绑到身上。

绳子慢悠悠垂下去，梅婕不住关照："慢点，慢点。"

终于接近半山腰那棵树，方成看清了，真是一个人，一个双目紧闭、瘦骨嶙峋、头发花白的山民模样的人，他应该就是薄院长的大师兄刘海骄。

方成心中一阵恻然，算起来刘海骄比薄院长大了至多十岁，可是看外表像相差二十多岁。一个长期在省城过着养尊处优、心闲气定的生活，一个在交通不便的深山终日奔波，风里来雨里去，落得孤家寡人一个，都是当年一念之差啊！

轻轻抱起神医刘，将绳子绕了几道在他身上，拉了拉绳子示意吊他们上去。

两人才在断崖处露出身体，村民们一阵欢呼："真是神医刘，我们救了神医刘！"

薄院长赶紧上前，眼泛泪花地望着分别二十年的大师兄，紧紧抓住那瘦得不成样子的手："大师兄，大师兄，终于找到你了。无论如何，我一定要把你带出山，让你享几天福啊，大师兄……"

梅婕凑上来低声问："神医刘的身体如何？有没有受伤？"

薄院长摸了摸脉搏，细细诊断了会儿，面色凝重道："大师兄长期营养不良导致身体虚弱，体质单薄，已有油尽灯枯之兆，加之惊吓过度，唉，回去先喂些米汤和调养之药吧，真正想将身体全部复原，还得出山接受全面检查和健康护理啊。"他脸色黯然，显然见到大师兄这般情形心中很不好受。

一路上薄院长不顾疲劳坚持要背大师兄，方成知他内疚于让大师兄在山中受了这么多年苦，以此举赎回悔恨之心。走了一会儿，梅婕将方成拉到后面，含嗔道："就你知道逞能，这么多小伙子，长年在山里吊绳索攀摘东西，哪个不比你强？你出什么风头？"

方成一愣："这是我们的工作……"

"哼，工作是以安全为前提的，你这样不要命，怎么完成任务？哼！"她一甩马尾辫跑前面去了。

方成看着她的背影，不知怎的，内心深处竟泛出一点点甜蜜的味道。

一行人刚下山道，远远看见有个人影站在村口。梅婕走在前面，到了近处一看，是位年过三旬的女人，白白净净保养得很好，头发梳得一丝不苟，显示出良好的气质。心中微一惊诧，却见她冲着后面的薄院长颤声叫道："四师弟……"

眼睛一直盯着大师兄埋头走路的薄院长一抬头，完全呆住了，半晌才道："……三师姐，三师姐！你怎么来了？"

她竟是薄院长口中的三师姐丁晖晖。她为什么突然来到大明山？

一行人七手八脚地将神医刘抬到村主任家中床上，都识相地退出去，只留下薄院长和丁晖晖两人守着昏迷不醒的刘海骄。

刚一关门，梅婕就悄声埋怨道："我们怎能出来？他们彼此见面不正好可以说出更多内幕吗？这样门一关，什么也不知道了。"

方成不作声将她拉到屋外，看看四下无人，从口袋中掏出两只耳机，将其中一个塞入她耳中，笑道："师门隐秘，有些话当着我们他们能说吗？刚才我趁乱将窃听器放到薄院长身上，现在听现场直播不是更好？"

梅婕看他一眼，难得地"扑哧"一笑："你可真够坏的。"在月色下，白净的脸上笑意灿若莲花。

沉默，很长时间的沉默。分别二十年，百感交集，太多太多的话要说，太多太多的事想问，千言万语，不知从何说起。

终于，薄院长打破僵局："三师姐，你怎么会到这儿来的？是不是听说了我和大师兄替人治病的事？二师兄呢？这些年你们在哪儿？"

"我们一直在A省工作，二师兄现在一所医学院做主要领导，单位事情多，很忙，所以没有过来。你们的事我们是从网上看到的，真有这回事？大师兄又是怎么了？"

薄院长稍稍整理了一下，毕竟做领导多年，说话有条理性和概括力，简明扼要地将事情介绍得清清楚楚，一直到从悬崖下救出大师兄。说到最后终于控制不住感情，带责问语气道："是不是当年你们逼大师兄立下誓言，不出大明山一步？"

丁晖晖比他还惊讶："怎么会呢？我和沈峰绝对没有这样说过。那天夜里你打了他一个耳光出走后，他冲动之下发誓择深山而居，从此隐姓埋名不出江湖。当时大家情绪都很激动说出的过头话太多了，谁也没在意，后来沈峰看看天色有些发白便提议再出去找找。就这样和大师兄分手了，以后再没有他的消息。想不到大师兄他、他真的……"

"你们还是没找到安儿？"

她惨然点点头："这些年来，我和你二师兄一直试图忘记那个令人心痛的夜晚，可是怎么可能呢？至今我们墙上还高挂着安儿过生日时拍的照片。"

薄院长听出端倪："你们一直没有孩子？"

"后来认养了一个。你呢？"

"女儿，上高中了，可惜对中医一点都不感兴趣，只知道盲目追星，今天这个歌星，明天那个影星。唉，着急也没用，现在我已经学会不生气了。"

"你没有看错？村里那个孩子真中了牵机散？"

"三师姐，师门中我的水平最差，可是这个病我绝对不可能看错，我至今都记得摸到安儿脉搏时的感觉。可以说，孩子的情况和当年安儿一模一样，真的，大师兄就是为此失态的。"

"师弟，关于当年下毒这件事，我可以向你保证，绝对不可能是沈峰做的，不提当年对他的了解，这么多年夫妻做下来，我知道这个人，他绝不可能对安儿下毒。"

薄院长乘机问出埋在心头二十年的疑问："你为什么这么肯定？当年你在百草洞里对大师兄说了什么秘密让他回心转意答应救治安儿？"

在外面窃听的方成、梅婕均心头一紧，意识到这个问题有可能是破解二十年前疑案的关键。

丁晖晖听了脸色一变，恢复了师姐的威严："那天晚上你在外面偷听的？"

薄院长在官场上混了这么多年，早非吴下阿蒙，不会轻而易举被吓住，立刻用诚恳的语气说："师姐，当年的事情没有结束，如今牵机散又出现了，如果我们每个人都藏着一点事埋在心里，将事情悬在这里始终得不到解决，后面还会发生许多事。"

丁晖晖仿佛被他的话打动，低头想了好久，道："你发誓不对任何人讲！"

"好，我发誓。"薄院长毫不犹豫发了个毒誓。

外面的方成、梅婕对视一眼，心道：好险，若不是用窃听器，薄院长发过誓后也不会告诉他们。

"这件事是我第二次说。本来按师父的关照，我不可对任何人说出，否则对我将有不好的影响，可是有什么办法？何况一个是师兄，一个是师弟，就算说了也无妨……"

十

　　沈峰和丁晖晖成婚后，过了大半年，肚子仍无动静，一对新人倒无所谓，顾真人却急得如热锅上的蚂蚁，三天两头就为她诊脉。丁晖晖曾撒娇说急什么，早晚会有的，师父正色说你懂什么，我的一身本领想指望你们三个是不可能了，你早些生下来我要为孩子伐毛洗髓、脱胎换骨，培养出一个中医界的好苗子，这样我才能放心归天。

　　嘴上说不着急，心里比谁都上火，丁晖晖瞒住所有人到大医院作了详细检查，结果是身体没有问题，有生育能力。那么问题就出在沈峰身上了，她将情况悄悄告诉了师父。顾真人当时老泪纵横，对天长叹天亡我也，莫非一身手艺就从此湮灭？我不甘心呐，不甘心呐！她吓坏了，摇着师父说总有办法的，总有办法的。

　　后来顾真人秘密对沈峰进行诊断，得出结论，由于沈峰从小至今用药过多，一年中至少有大半年不停地吃药，俗话说十药九毒，体内积毒过多以至于伤了元气，断了生育能力。为了治好沈峰的病，顾真人暗中配制了许多秘方加在沈峰平时喝的药中，几个月下来无济于事。

　　一天，顾真人将丁晖晖叫到密室，犹豫了很久，终于下决心道："晖晖，师父为你怀孕的事已经绞尽脑汁，实在无能为力。但是师父的心思你是知道的，你大师兄受你和沈峰成亲的打击，两三年内恐怕不会提及婚姻大事，你小师弟混混沌沌，至今还未开窍。为师今年七十岁，这个年龄是中医水平炉火纯青、状态巅峰的时期，此时授业事半功倍。倘若再等上十年二十年体弱年衰，恐怕就无能为力啊……"

丁晖晖跪哭在地："都是弟子们无能，让师父操心了，可是有什么办法呢？世事都是无法圆满，这大概就是天意。"

顾真人抚摸着她的长发，道："办法我倒是想了一个，不知你是否能接受？老实说，我本不愿意这样做，只是时间不等人，我心忧如焚只得出此下策啊。"

见师父少有的吞吞吐吐，丁晖晖反有些不安："师父，不知你说的办法是……"

"借种生子。"

"啊！"丁晖晖简直不敢相信自己的耳朵，呆呆地看着师父，一时不知说什么好。

"至于具体操作，无须西医那么复杂烦琐，师父自有祖传的方法，把握很大。"

"借谁的种？传出去怎么办？"丁晖晖在混乱中勉强整理思路，先问出这两个最关心的问题。

"借你大师兄的。只要我不讲，你不说，不会有人知道。借你大师兄的种，我当然有办法不让他知道，这个办法我已经想了很长时间，也是不得已而为之。当然究竟是否可行，完全取决于你，如果你不愿意，做师父的也不勉强。"

"可是……如果沈峰知道了怎么办？"

"以他的聪明和水平，恐怕已经知道自身的情况，我会在适当时候暗示他我正在替你想办法的事。但是不会说得更多，只要他模模糊糊心中有数就行了，以他的理智和深沉，不会纠缠于细节追究下去。"

一团乱麻的丁晖晖六神无主，稀里糊涂地答应了。十几天后的一个晚上，顾真人将她叫到密室，让她喝下一碗药，过了会儿她便失去知觉。醒来后，顾真人告诉她，种子已经进入体内，就等着听喜脉吧。

一个月后，顾真人当着几个徒弟的面搭脉后高兴地宣布，丁晖晖有喜了！就这样，生出了安儿。其实大师兄才是安儿真正的父亲，所以那个暴风骤雨的晚上，刘海骄听她说出这个情况后，立刻改变态度，准备先救治安儿。

薄院长长长出了口气："原来事情还有这么一段变化，那二师兄知道吗？以他的聪明和细致，不可能被蒙在鼓里。"

丁晖晖沉吟了一下："我觉得他对孩子不是自己的应该有数，只是不知道安儿的父亲就是大师兄。所以我才对大师兄说，沈峰是宽厚的，是个真正的好人。虽然在我面前他从未质疑过孩子的身份，但是有一次抱着安儿对他喃喃说过，只要你是妈妈的好宝宝，爸爸就喜欢，当时我就在旁边。以他向来的含蓄，说出这句话就够明白了。"

"可是安儿失踪的问题还没有解决。谁下的毒？谁偷走了他？这些问题你想过没有？"

"这件事从你们的角度分析，沈峰的疑点最多，最有嫌疑，特别是你离开安儿后到我们三人从百草洞回来那段时间，家里只有沈峰一人，他完全有时间先将孩子藏起来。可是我说过，这绝对不可能，沈峰不会那样做。"

"三师姐，外面两个人是国家安全部门的特工，他们的任务是全面调查大师兄，这件事迟早会被挖出来研究，他们的手段很厉害的。"

丁晖晖冷笑道："二十年不见，师弟当真令人刮目相看。我知道，你和大师兄一直怀疑是沈峰干的，过了这么长时间，你们还是这样想。可是你就没有嫌疑吗？在整个事件中你当真就那样置之度外吗？"

薄院长一呆，惊愕道："……我？我有嫌疑？这……从哪儿说起？"

"别看大师兄与沈峰之间斗得不可开交，其实师门里最不平衡的应该是你。从小起你就因为反应迟钝、悟性差常受到师父的叱骂，长大后也得不到重视，被呼来唤去，干最苦最重的活，学不到绝活，什么好事都轮不到你，就连本该传给水平最差的'雪泥梨影镇毒丸'居然给了大师兄，当时你也不小了，用沈峰的话说，许多事你是哑巴吃饺子心中有数。那天夜里大师兄去了百草洞，我也随之找他，沈峰到师父房间找古籍，那段时间只有你在安儿身边，究竟发生了什么，有谁知道？"

外面窃听的两人对视了一眼，方成轻声道："怎么样？我说得不错吧，不能光听一个人的叙述，多角度聆听也是很有必要的。"

一阵长时间的缄默，薄院长抬起头来时已是泪流满面，声音嘶哑道："不错，这些都是事实，但若非今日你说出来，我真的没有想过。我被师父捡到时才六岁，父母的印象早已淡薄，在我心中，师父就是父亲，是他在冰天雪地中救了奄奄一息的我。不管我做了多少事，不管我吃了多少苦，都是应该的，因为我觉得这些都无法回报将我们辛辛苦苦拉扯大的师父，所以，怀着感恩之心的人，怎么可能有更多的奢望？提出更多的要求？"他一阵哽咽，再也说不下去了。

丁晖晖连忙上前搂着他的肩头："对不起，小师弟，刚才我太激动了，其实那些话只是我和沈峰闲着无事时说出来的，没有任何意思，就是说说而已。当时话一出口，沈峰就骂我说不该怀疑你，他说师门几个人中你心肠最好，将来一定有大的发展。"

薄院长伤感道："对于什么'雪泥梨影镇毒丸'也好，就算是镇门之方'清莲五味镇喘散'也罢，我并没有放在心上，得到了又怎么样？大师兄得到了'雪泥梨影镇毒丸'，可还是窝在山里几十年。你看以我现在的地位和财富，再多些钱不过是锦上添花而已，有什么用？如果能有什么东西换回安儿，我愿意付出一切……"

梅婕摘下耳机，悄悄抹了抹眼泪。方成戏谑道："被感动了？不会吧。我倒觉得丁晖晖刚才说的话不是一时冲动，事实上也存在薄院长作案的可能性。"

梅婕狠狠瞪了他一眼："铁石心肠！"说着又戴上耳机。

这时床上的刘海骄呻吟一声，悠悠醒过来，两人连忙扑到他身边，喊道"大师兄"。他一个激灵睁大眼睛，难以置信地看看两人，喃喃道："我是在做梦吗？你们怎么来了？"

薄院长声音微颤："大师兄，这么多年，你受苦了，你……你……你怎么瘦成这样啊……"

丁晖晖眼泪簌簌而下："大师兄，事情过去那么多年了，你为何这样自虐？"

刘海骄摇摇头："不苦不苦，我乐在其中啊，"突然他身体一颤，摸摸身上的药囊，变色道，"现在几点了？快告诉我。"

"八点多钟，怎么了？"

"孩子，孩子，那个中了牵机散的孩子，现在还来得及。快点，快扶我下来，不，扶我去。"

薄院长弯下腰："我来背你。"

"快一点，快一点。我错过一次，不能再错第二次了。"

"是，是。"在大师兄面前，薄幕云永远是个听话的小师弟，即使身为省级大医院的一院之长。

走到门口，方成和梅婕早就守在那儿，方成道："我来吧。"薄院长坚决不肯，背着刘海骄运步如飞，从后面看，根本不像四五十岁的人。

一行人刚到老周家门口，一头撞到正急匆匆出门的老周，刘海骄忙问："孩子怎么样？"

老周面有喜色道："好了，好了，这会儿嚷着要吃东西，我到老秦店里拿两根火腿肠。"说完，哼着小曲走了。

"好了？"几个人面面相觑。天下奇毒，号称没有解药的牵机散，说好就好了？刘海骄顾不得身体虚弱，一翻身从薄院长背上跳下来，急步赶进去看个究竟。方成、梅婕也一头雾水地跟进去。

只见刘海骄满脸诧异地捏着孩子的脉搏，紧紧盯着那张微显红润的稚嫩的小脸，连说："不可能，不可能，没有吃药，怎么会好了？"

"是吗？"薄院长问道，想伸手过去探脉搏，被刘海骄随手一拨道："让你师姐看看。"薄院长红了红脸，识相地退到一边。方成暗暗好笑，想不到习惯的力量如此之大，堂堂一院之长连插手的机会都没有。

丁晖晖上前一摸，立刻道："脉象平衡且有活力，应该是下午才服的解药。哪来的解药？"她看看在场几人，眼中充满疑问。

薄院长立刻道："傍晚我们上山时我还查看过，那时仍是中毒症状，只是隐隐有股药力在稳住不使病毒发作，这之间不过相隔三个多小时。"

这时老周回来了，还是笑嘻嘻的。刘海骄问道："老周，下午他们离开你家后有没有外人来？"

老周道："没有，我一直在门口等你们，家里其他人都在老王家帮助编东西，到现在还没回来。后来突然听到孩子在里面哭，我简直不敢相信，孩子自从昨天病倒后连哼都没哼出一声。赶紧到里屋看，孩子躺在床上手舞足蹈哇哇大哭，他是饿了。唉，真是没想到，菩萨保佑啊，老天爷长眼呐。"

方成在后面听完，一个箭步冲到床右侧的窗户。窗子半开着，后面是老周家的菜园。他戴上手套，将两扇窗子全部打开，回头对梅婕道："窗沿上有半个脚印，下午有人扒窗子进来过。"

老周睁大眼睛："这儿从来没有过小偷。"

梅婕笑道："这是个好心肠的小偷，他偷偷进来为你孙子看病的。"

"看病？这是积善行德的好事，我们全家感谢他还来不及呢，干吗要偷着进来呢？真是。"

方成从行李里取出大号手电："我们到后面看看。"

十一

在近窗户处，松软湿润的泥土中，赫然有一双深深的脚印，再向东面，杂乱无序地还有些浅一点的脚印。显然，这些大都是入室者从窗户上跳下来后形成的，他趁傍晚时分天色较暗潜入菜园，那时比较谨慎，注意尽量不在泥土上留下痕迹。潜入室内给孩子服下解药后，从窗户上跳下难免有些心慌，顾不上脚下了。

方成蹲在地上，反复研究那双深深的脚印。梅婕站在一旁替他打着手电，少有耐心地看着他。良久，他才起身，若有所思地望着远方。

"看出什么问题？"

"此人身高一米七五以上，体重一百三十多斤，年龄不算大，身手敏捷，与那个戴墨镜的男子基本相符。这个人与薄院长整个师门究竟有什么渊源？他投毒再解毒，就是为了吓唬刘海骄吗？"

梅婕正待说话，前面屋子里传来激烈的争吵声，是丁晖晖的声音。

"……我就是喜欢和沈峰在一起，这么多年了，我觉得我很幸福，过得很舒心，我觉得我的选择是对的。你凭什么总认为沈峰不好？你能看透一个人的本质吗？我看你的本质才不好，当初若不是你执意不肯救安儿，何至于……"

薄院长干咳一声打断她："三师姐，以前的事就不要再提了，这么多年都过去了。"

丁晖晖停了会儿，才道："这次我来之前，沈峰特意关照我，尽量劝说大师兄出山，改善一下生活环境和条件。我们这师兄弟几个，虽然谁都没能继承师父的衣钵，可是也要活得像模像样，在社会上争些薄名，这才对得起师父对我们的一片苦心。"

三个人又沉默下来。又过了会儿，刘海骄声音冷淡地说："你们的好意我心领了，但是我在大明山生活了二十年，这儿一草一木我都了如指掌，早就习惯了，适应了。不错，你有你的选择，我也有我的选择，你的选择是沈峰，我的选择是大明山。你们也看出了我的身体状况，没多长时间好过了，这里就是我的葬身之地了，我们已经是两条路上的人，何必非要走到一起？"

薄院长用哀求的声音说："大师兄，就算是赎罪，在大明山二十年也足够了，何况当年谁错谁对本来就是一笔糊涂账，你还是出山调理身体，过几天舒畅日子吧。何况你不光是体质极度虚弱，心脏也有严重问题，必须到正规医院接受完整的检查。"

丁晖晖也恢复婉转柔和的语气道："考虑一下吧，大师兄，就算是我们求你了。"

长长叹了口气，刘海骄道："我知道你们是为我好，可是我躲不过去啊。二十年前的噩梦又来了，同样年龄的孩子中了同样的牵机散，又正好出现在大明山，不是巧合啊，这是安儿的冤魂向我索命来了。"

丁晖晖惊恐道："别说得这么骇人，大师兄，安儿绝对不会找你索命的，绝对不会。"话听在耳里，个个都知道什么意思，哪有儿子找老子算账的？

刘海骄踱来踱去，显得焦躁不安。方成突然有所觉察，迅速关掉手电，拉住梅婕悄然离开菜园，坐到一堆草垛下面，掏出耳机。梅婕正待问原因，却见刘海骄从窗户探头四处望了望，随手关上窗子。

方成悄声道："老头子有心事，准备向他们交底了。"

果然，刘海骄叫老周将孩子抱出去，然后关上门，压低声音道："有一件事要问你们，你们一定要如实回答。"

薄院长道："大师兄请讲，我们知无不言。"

刘海骄缓缓道："当年师父去世时你们都在床边侍候的，可曾发现什么不对劲？"

两人均是一愣，丁晖晖道："大师兄这话什么意思？我不明白。"

刘海骄好像很难启齿，犹豫了半天才说："我是说，你们当时是不是确定师父肯定死了？"

刹那间室内气氛仿佛凝固了，方成和梅婕面面相觑，不清楚这会儿他说这话是什么目的。

过了半晌，薄院长讷讷道："那时我年纪尚幼，没有机会查探师父的脉搏，记得当时就是大师兄第一个替师父把脉说是急中风，然后二师兄也上前查看了一番，哭着说回天无力。"

"你们两人出手诊断还会有错？大师兄，你究竟想说什么？"丁晖晖有些着急了。

长叹一声，刘海骄坐下来道："这些年来我无时无刻不在内疚、忏悔和自责，安儿中毒后可怜无助的样子至今历历在目，特别是他那稚嫩的小手抓着我的那一刹那……"

丁晖晖失声痛哭道："别说了大师兄，我的心都在痛。"

"冷静下来，我逐一分析剖析过。凭天地良心，我刘海骄绝对没有对安儿下毒。母子连心，小师妹你也不会对亲生儿子下毒。薄师弟天性仁厚，当年尚处于懵懂之中，当然可以排除。嫌疑最大的当属沈师弟。"

丁晖晖急道："大师兄……"

薄院长阻着师姐："听大师兄说下去，他定有下文。"

"可是平心而论，沈峰尽管通读古籍，精于药理，但牵机散是何等深奥烦琐的古方？就算他得到配方和研制方法，没有大量经过临床测试和解毒试验，也不至于敢贸然用到大家的心头肉安儿身上。这一点我是太想当然了，总是把人往坏处上想，我罪有应得……"

一口气说了这么多，他有些上气不接下气，手捂着胸口微微发抖。薄院长赶紧上前扶着他，低声道："慢点说，慢点说。"

丁晖晖迅速从随身小包中取出一粒药丸塞入他嘴里："大师兄试试这个药，可能对你的身体有点帮助。这些年沈峰也经常后悔说当初不该一怒之下跟你赌气，延误了治疗安儿的最佳时候，只要能让安儿平平安安的，就算受些委屈又能怎样？真相终归是能大白于世的。"

"能说出这话，沈峰的境界算是高了一筹，超过我这个不成器的大师兄了。是的，思来想去，我们师门四人都不会对安儿下毒，方圆几十里之内又没有医术超过我们一门的，到底是谁下的毒呢？所以我才问你们师父临死之前有无异状。"

丁、薄两人目瞪口呆，同时叫道："你怀疑师父?!"

刘海骄无力地摆摆手："当年在安儿身上下的牵机散水平极高，极其精妙，药理应用和机理配合简直到了出神入化的水平。我自诩医术在你们几人之上，用毒水平也达不到如此高深莫测的层次。你们想想，除了师父谁会具备这个能力？"

薄院长吃吃道："可是当年我们亲手埋葬师父并将山洞封死的。"

"这些年我和沈峰到师父墓前拜奠过好几次，山洞封口处完整如初，应该不会……"丁晖晖全乱了神，"那安儿失踪又是怎么回事？……"

刘海骄突然一阵剧烈咳嗽，接着两眼翻白又昏了过去。丁晖晖和薄院长连呼"大师兄""大师兄"……

放下耳机，梅婕站起身："我们进去看看吧，他的身体真不行了。"

方成手一拉将她拖坐下来，梅婕差点倒到他怀里，她脸红了红，狠狠白了他一眼道："干什么？"

"屋里人都是神医，对付这种情况绰绰有余，我们去了能帮什么忙？不如好好想想，怎样找到那个下毒又解毒的神秘人。"

梅婕双手画了个圈："这么大这么深的山，想找一个故意躲藏的人无异于大海捞针，根本没有一成希望。我看不如这样，反正人也找到了，关于他的身世我们也掌握了，只要让薄院长配合我们劝他出山，就算完成任务。我是不想再待在这儿了，只想赶快回去洗个热水澡。"

方成笑了笑："梅特派员也有灰心的时候？从表面上看，我们是完成了任务，可是报告怎么写？二十年前那件悬案，以及今天发生的事我们怎样解释？用春秋笔法轻描淡写带过去？究竟是谁偷走了安儿？今天这个神秘人为什么要下毒解毒？这些与刘海骄有关的事你说得清吗？"

梅婕用力扯断一根草："二十年前那件莫名其妙的事我们不管了，只要抓住今天这个神秘下毒者就行。要不我们请求封山，对出入大明山的所有人进行严格盘查。"

方成悠悠道："要那样大张旗鼓干吗？万一还是找不到我们面子朝哪儿搁？我倒是有个主意，你看行不行？……"

晚上近十一点钟，寂静的神石沟躁动起来，老周家屋前面用长长的竹竿挑起一个白色的灯笼，上面写着一个"丧"字。门口不断有人出入，忙前忙后，屋里灯火通明，隐隐传来哭声。院子前后四个角各放着一个火盆，不断有人将纸钱、纸元宝扔进去。

老周家有人归天了！

在白得耀眼的灯笼下面，用长凳搁着两口大箱子，上面晾着孩子的衣服。这一带的风俗是，死者的衣服和生活用品都要收集到一处，然后随尸体一起火化。看来是老周的那个得重病的孩子死了。

在离老周百米外的一个阴暗的草垛上，梅婕微笑道："山里人感情淳朴啊，流露得发自内心。"

薄院长低声道："这样管用吗？那个神秘人会上当吗？"

方成道："他一定会瞅准时机看个究竟。一是他从窗户跳进去解毒时难免心慌意乱，这会儿看到老周家办丧事后对自己解毒的过程产生不自信，怀疑自己疏漏了什么；二是牵机散毕竟不可以随便试的，他可能也是第一次使用，只是理论上掌握下毒解毒的方法，实际应用心中没数；三是医者天性好研究，即使他怀疑其中有诈，还是会忍不住冒险前来看看。"

薄院长叹了口气道："你们这些人当真厉害，我们的心理都被摸透了。是的，有时我们遇到疑难杂症，开出处方后心中难免忐忑，过几天总要问出结果才安心。可这人是谁呢？年纪轻轻，却会使用牵机散这种古方，潜入大明山，下毒又解毒。他想干什么？"

方成露出神秘的笑容："我有一个想法，你们听了可别吃惊，我有些猜到这人的身份了。"

"是谁？"薄院长和梅婕异口同声地问。

十二

"安儿。"

方成眼珠转了几圈，一副早已一目了然的神态。薄院长惊得张大嘴："安儿？为什么？他还活着？他怎么会活着？他为什么找大师兄？"

方成突然低声道："快趴下！"

三个人伏在草垛上，只露出眼睛朝老周家方向看。

茫茫夜幕中，一个人影悄悄向老周家移动。他显然心存疑虑，始终不敢过于靠近，在外围黑暗中反复转悠。

薄院长看得聚精会神，嘴里叨唠道："他真是安儿吗？二十年了，他长得什么样？他记得我们吗？"

梅婕道："他很聪明，躲在暗处看村民的反应，以判断是真是假。可惜这些村民是真以为孩子死了，只有老周和村主任知道这是一场戏，孩子也被悄悄送到了村主任家，一切天衣无缝。"

"你为什么断定是安儿？你有什么证据？"薄院长想想

不可能，盯着方成问。

"旁观者清，当局者迷。二十多岁，会用牵机散，吸引刘海骄上门，有这三点就足够了。除了你们师门几个，还会有谁会玩这种要命的古方秘毒？呵呵。"

"那他是怎么会的呢？谁教他的？是沈峰？"薄院长觉得不可思议。

"这里面还牵涉到一个秘密，我也说不上来了，只是隐隐有种感觉。算了，反正今夜一定会捉到他，到时候就会真相大白。你看，他终于忍耐不住了，他在张望，想选择一个好时机和地点。"

黑影转悠了半天，终于瞅准没有人走动的时候，从暗处一个箭步飞身窜入老周家后面的菜园里。

梅婕道："灵堂里我们安排了四个人在哭，这会儿恐怕也哭累了，没有人会注意到屋后面有人。"

方成道："别着急，以他的谨慎，一定会躲在菜园里观察一会儿。我现在最担心的是刘海骄的身体，短短一个晚上，昏迷过去三次。薄院长，难道一次惊吓会使他身体受到如此严重的影响？"

薄院长心事重重道："积疴难消，薄积厚发。像他这样的身体，经不起折腾，加之被吊在半空被山风一吹，病症都被引出来了。上次我们说起阴阳理论，山崖后属阴，阴凉的山风伤身啊，何况是身体虚弱的大师兄？刚才他高烧不退，虚火上攻，几帖药都压不下来，这与他长期采集草药，亲口咀嚼尝试有关，药毒药毒，十药九毒啊。他体内积的毒草过多，又有很厉害的抗药性，唉……"

梅婕担心道："以你们的水平都感到棘手，看来问题不小。"

"如果在省城医院里，可能会好一些，但在这封闭的山中，缺乏应有的医疗器械和设备，以及相关药物，确实很难。这会儿三师姐在全力治疗，但愿能捱过今夜就好了。"薄院长说这话时底气不足，显然对此并无把握。

这时老周家屋前的白灯笼突然大幅度地摇动了两下，三人精神一振，这是事先约定的信号，说明有人发现黑影翻窗户进屋了。他们立刻跳下草垛，从三个方向包抄上去，同时一直坐在屋前面抽烟的村主任猛地站起身，直冲入屋内。

屋后面"扑"一声响，一个瘦长黑影敏捷地跳出窗外，拼命往来时的方向跑。刚奔出几步，迎面撞上梅婕。梅婕双手持枪指着他喝道："不准动！"

不见动作，黑影左手一扬，一股辛辣的烟雾撒向梅婕。她不知是什么东西，惊慌地向后退两步，随即被呛得眼泪、鼻涕一起流出来，眼前一片灰蒙蒙，什么也看不见。她放下手枪双手捂脸蹲到地上，心中不断想：我中毒了，我中毒了！

黑影飞快地从她身边跑过去，直冲入大山深处。

方成从反方向掠过菜园紧追不舍。薄院长从侧面跑过来，扶起梅婕，从她衣服上刮下一点粉末嗅了一下，安慰她说："没事，这是类似于催泪瓦斯性质的东西，赶紧回去用清水洗一下就没事了。"他叫过村主任来搀她回去，自己也随之跟上去。

茫茫夜幕中，借助微弱的星光隐约可见颀长的黑影在山道上迅速奔跑，方成一声不吭地紧跟在后面。他知道此时说什么也没用，那人绝对不可能主动束手就擒。薄院长远远地跟在方成后面，气喘吁吁。

就这么跑了近半小时，黑影和方成的速度不见减慢，薄院长只觉得眼冒金星，天旋地转，一颗心"扑通、扑通"仿佛要跳出来，再也支持不住，一屁股往地上一坐，叹道：罢了，罢了，好汉不提当年勇，现在真是老了。

再拐了一个弯道，方成清楚地看到前面的黑影跟跄了一下，心中暗喜道：好小子，敢跟我比体力耐力，我在大明山里负重长距离越野时你不知在哪儿晒太阳呢。

又连续拐了三四个弯道，两人之间的距离不断缩短，方成见山道越来越狭小，两边山壁挤压得越来越紧，前面的黑影不断回头看他，暗暗吃惊，这分明是往悬崖方向走啊。他从腰间掏出手枪，防止他有什么花招。

黑影渐渐放慢脚步，直至走到悬崖边才止步，慢慢转过身来，含笑面对方成。

方成定睛一看，真是一个很帅气很有气质的小伙子，不过二十多岁，可是怎么看都不像丁晖晖，也不像刘海骄……

小伙子镇定自若地手一摊道："你追我干什么？"很标准的普通话，受过良好的教育。

方成见多识广，当然不会被他难住，反问道："那你为什么要跑？"

"你追我，我当然要跑了，看到你们都有枪，谁知道是好人坏人？"

"喔，好人就是深夜爬窗户翻进人家屋里吗？你知不知道我们盯着你很久了？"

"你知道多少？"小伙子坦率地问。

方成笑了笑："该知道的，我全知道，比如说你的小名叫安儿。"

小伙子脸色一变再变，诧异地盯着他道："你究竟是什么人？"他无形中承认了自己就是安儿的事实。

方成道："你一开始就应该问明白的，我是安全厅工作人员。"他惜言如金，让安儿摸不清底细。

安儿发了一会儿愣，道："你的工作应该是专抓间谍，门派内部的矛盾不属于你管辖的范围。"

"但是你涉嫌对老周家孙子投毒，属于投毒罪和故意杀人罪，根据我的职责，必须抓捕你归案听审。"

安儿脸色有些发白："你不要用大帽子扣我，刚才我看过了，老周家孙子没有死，是你们故意设的圈套。"

"虽然你为孩子解了毒，可是客观上你已经构成谋杀和投毒的事实，这一点等你入狱后可以问律师。"

"你一定要捉拿我归案了？"

方成摆弄着手中的手枪："对不起，职责所在，至于你为什么要做这些，可以在审讯室里告诉我。"

安儿奇怪地看着他，沉默了半晌才道："我可以坐到地上抽根烟吗？"

"随便，不过时间不能太长。"

安儿从身上拿出烟，点燃后问道："你也来一支？"

"不，谢谢。"方成防止香烟中有名堂，这些搞中医的个个都有些神秘，不能阴沟里翻船。

悠悠吐了个烟圈，安儿道："在我束手就擒之前，我们可以开诚布公地谈谈吗？"

方成微笑道："事实上我也很想这么做。"

安儿深深吸了口烟，低头想了会儿道："你们为什么会出现在大明山？为什么会注意上我？"

"因为刘海骄，他精湛的医术引起了有关部门的注意，政府准备对他采取特殊的保护措施。至于你们师门的一切，都是薄幕云告诉我们的。"

"猜出我是安儿，你的确厉害。可是你能想到是谁偷走了我吗？那个风雨交加的晚上，中了牵机散无人医治的我。"安儿脸上似笑非笑。

方成摇摇头："是沈峰？不太像。"

安儿又深深吸了口烟："这的确很令人费解，但我说出后你会觉得顺理成章……"

那天晚上，雨大风急，电闪雷鸣。薄幕云匆匆冲入雨中寻找大师兄后，一个人影闪入堂屋，爱怜地抱起安儿，喃喃道："真没想到他们会这样，老大绝情，老二狠心，老三无能，老四蠢笨。安儿啊，我的指望全在你身上了。"

一道闪电亮过，赫然照出此人竟是已经死了十多天的顾真人！

早在丁晖晖生下安儿时，顾真人已经计划好了他的未来，而其中最关键的一步就是失踪。因为替孩子伐毛洗髓、脱胎换骨是个极其艰苦、极其惊险、极其难捱的过程，容不得有任何人干扰和影响，这里面随便一个场面被丁晖晖看到了都会伤心欲绝，更重要的是，这种技术他只能传给最信得过的弟子，否则容易被人利用到邪魔外道上去。而现有的四个弟子，顾真人都不满意，认为他们不能继承自己的衣钵。

另外他还有一点考虑，孩子越来越大，相貌明显向其亲生父亲靠拢，到时会引起许多麻烦。不如找机会一走了之，以绝后患。

假死是计划中另一关键，顾真人专门研制了一种药，服用后出现急中风和假死症状，这一手居然骗过了同样医术精湛的四个徒弟。按照他的遗嘱，将他葬在一个隐秘的山洞里，安葬后徒弟们依照吩咐将洞口完全封死。当然，顾真人醒来后从早已准备好的另一个秘密出口出去了。

当时还有十多天黄花菜就要上市了，假死那天，顾真人将事先配制好的牵机散悄悄给孩子服下，发作的引子就是黄花菜。顾真人知道丁晖晖喜欢吃黄花菜，一上市就要尝个鲜，只要孩子吃一点点，就会引发体内的牵机散使之发作。凭沈峰的水平，完全可以暂时压制住毒性到夜里。

为什么要拿安儿的性命来冒险呢？顾真人是想通过安儿中毒这件事考验门下弟子，以确定镇门之宝"清莲五味镇喘散"的归属。如果谁能在这场特殊的考试中令他满意，他将现身秘授药方，同时让这个弟子配合偷出安儿；如果无一人通过测试，他只好找机会出手偷走孩子。

十三

结果那天晚上几名徒弟的表现让暗中观察的顾真人大为光火。刘海骄的见死不救、挟技欺人让他寒心，沈峰为了自身声誉和长远利益不惜以安儿性命相抵让他伤心，丁晖晖缺乏随机应变和冷静让他灰心，薄幕云不知所措一团乱麻令他下定最后的决心，趁四下无人时偷走安儿，从此不再与他们联系。

说到这里，安儿含笑问："明白了吗？一切都是我的师爷顾真人策划和安排的。"

方成突然感到身体极不舒服，他勉强控制住这种难受的感觉，问道："所谓镇门之宝'清莲五味镇喘散'究竟是一种什么药，使得顾真人竟然用你的性命冒险测试他们以确定归属？"

"据师爷说，此药的功能只有四个字，根治哮喘。"

方成吃惊地张大嘴巴："薄院长说过，世上没有可根治哮喘的药，无论是中医西医，治疗哮喘病都是一个长期而缓慢的过程……"

安儿笑眯眯道："否则不会称之为镇门之宝，中医独特而神奇的手段是你永远猜不透的。还有问题吗？"

"他们一直怀疑是沈峰干的，因为沈峰有可能知道你不是他的亲生儿子？"

安儿似乎不回避这个话题："对，也有这个因素，这正是顾真人恼火的原因，沈峰宁可失去儿子，也不愿失去丁晖晖和使自己的名誉受到损失。"

"再说说大明山的事吧，你为什么到这儿来？为什么故意投毒引刘海骄过来？"方成眉头紧锁，不适感越加强烈。

安儿轻笑一声，抽了口烟，继续娓娓道来。

虽然师徒之间没有联系，但这些年来顾真人一直在关注几个徒弟的情况，也知道刘海骄出于忏悔自困在大明山，近日掐指一算，刘海骄在大明山自省已满二十年，于是派安儿秘密潜入山里，找机会再次考验他，并说如果刘海骄能出手解治牵机散，说明他已打开心中的死结，真正做到面对患者心无旁骛，救死扶伤对病不对人，就让安儿将"清莲五味镇喘散"的配方交给他并劝其出山，作为对徒弟这些年自困大明山的补偿。

下面的事就无须多说了，他找到一个与自己当年差不多大的孩子，下了牵机散吸引刘海骄过来，然后守在村里看他是否为孩子解毒。可是刘海骄一去不复返，反而有大批村民上山寻找，使他感觉不妙，赶紧潜回老周家替孩子解了毒，然后也上山搜索。找了一大圈后却意外从山上看到老周家在办丧事，吓了一跳，不知自己哪个环节出了错，虽然知道有人守在村里，还是决定冒险看看，否则对不起一个医者的良心。

此时方成头疼欲裂，全身乏力，勉强问："顾真人是否倾囊相教，将一身绝学全部传授给你？"

安儿的耐性出奇地好，有问必答："当然。不仅如此，为了发展和弘扬中医文化，吐故纳新，兼容并包，师爷要求我学习西医，吸取其精华，融合到中医治疗中去，使传统的中医治疗手段跟上现代社会的需要。所以从十一岁那年师爷就带我到美国读书，在那里我受到了最好的教育。同时，我在中医方面的运用已经令师爷相当满意，特别是草药的配合使用……"

讲到这里，安儿停下来，笑吟吟地看着方成。方成再也支持不住了，"扑通"栽倒在地，全身酥软，连一个手指头都抬不起来。

安儿走到他面前，道："我为什么一直逃到这儿？你看这悬崖上散落的干草，都是我事先准备好的，是不是闻到一点点特殊的气味？对了，这种草叫'梍桂'，无色无味无毒，平时没什么用处，可是一旦和松树叶、兰花草混合到一起，就会发出让人全身无力、头重脚轻的气味，就像你这样。我为什么没有倒下？原因很简单，香烟可以解这种毒。所以不能怪我不给机会，刚才我叫你抽烟的，你不肯。"

方成做了个无奈的表情道："他们……都在山下，……你逃不掉。"

安儿像变魔术似的亮出一根长长的绳子，笑道："猜出来了吧？我将缘索而下，悬崖下有一条小道直通山外，等你恢复后我已经离开大明山了。"

"顾真人……真的有那么神奇的本领？"方成在这种情况下还保持着好奇心。

微一沉吟，安儿带着少有的尊敬道："师爷已经辟谷近四年了。"

方成苦笑一下："现在，是否是你……和我说再见的时候了？"

安儿点点头，突然想起什么，转身蹲下来道："刚才我听说是你从悬崖上救了刘海骄，非常感谢，虽然他已面呈死相离大限不远，但如果因我而死将使我愧疚终生，"他从身上掏出一粒药丸揣到方成口袋里，"这就是刚才所提到的'清莲五味镇喘散'，也许没有传说中那么神奇，你可以让某个患严重哮喘的病人试试。"他站起身，再一次微笑，"再见。"

等梅婕和薄院长找到方成时，已是凌晨三点多。梅婕远远看到方成倒在地上，带着哭腔惊叫一声："方成，你……你怎么了？"说着就往上面冲。薄院长从风中嗅到什么味道，赶紧抓住她喝道："不要慌！"匆匆从包中取出一盒药膏，两人都在鼻子下面涂了一点，这才奔上去。

梅婕一下子抱起方成的上身，紧张地问："方成，你怎么了？说话呀。"

方成紧贴着她温暖饱满的胸部，一股馨香和柔软的感觉使他迷醉，加之药力还未消退，一时慵懒得不想开口，只静静地享受着梅婕难得的温柔。薄院长替他号一下脉，急忙从包中取出几个药盒，以娴熟的手法迅速配制好药，全部抹到方成鼻子下面。

过了会儿，消失得无影无踪的力气一点点恢复，方成想装下去待在梅婕怀里，依然纹丝不动。薄院长有些奇怪，嘴里道："怎么回事？没有反应吗？没有道理啊。"

梅婕急急道："他中毒严重吗？实在不行我将他背下山。"

薄院长再探了一下脉，有些明白了，道："再不行的话我还有一招，就是放血！我看手术刀放在哪儿。"

方成恰到好处地微微动了动，故意挣扎着从梅婕怀里起来，道："薄院长，这个安儿真厉害，竟然早早在这里设了个圈套等我钻。"

　　薄院长紧张道："你遇到他了？他说什么？他到哪儿去了？"

　　方成将刚才的事详细说了一遍。薄院长听得汗涔涔，羞愧无比道："我们几个，唉，想不到师父对我们是如此失望，我们是如此不争气，唉，唉，想不到，想不到，"他突然想起什么，"我们快下山，将这件事告诉大师兄，让他了结一桩心事。"

　　梅婕道："别忙嘛，让方成休息会儿。"

　　"不能再耽搁了，我担心大师兄很可能活不过天亮，唉，我的一片苦心……"

　　苦心？方成一个激灵："我想起来了，亿万富豪那一针你根本不是扎不下去，而是特意留出来，想引出刘海骄的！"

　　薄院长笑笑不置可否，拍拍他的肩道："当初我若有你一半聪明，就可以继承师父的衣钵了，快走吧。"

　　刚走到村口，村主任正焦急地等他们，一见薄院长便说："快点，神医刘只剩下一口气了，你师姐说他是等你见最后一面呢。"

　　薄院长立刻变了脸色，匆匆进去。过了会儿，连丁晖晖也被赶出来，百思不得其解地说："大师兄究竟想说什么？连我都不能在场。"

梅婕回头想问方成，却不见了他的踪影，触手间摸到身上的耳机，低低笑骂道："这个坏人！"

又过了会儿，里面传出薄院长的哭喊声，丁晖晖全身一震，边冲进去边喊："大师兄！大师兄！"

方成又悄然出现在梅婕身后，她头也不回地问："听到什么？"

"只有一句话，'我不是安儿的父亲，我结婚后一直未能生育，老婆一气之下跟人跑了，我不是……'，就这么多，然后就断气了。"

梅婕道："刘海骄为什么在临死前单独告诉薄院长这个？喔，我明白了，刘海骄终于想明白了，薄院长才是安儿的亲生父亲！"

方成道："难怪我面对安儿时总觉得他的模样与刘海骄挂不上钩，现在才明白过来，他是真的很像薄院长。也许当初顾真人选择种子时是认真考虑并作了检查，按择优录取的原则选用了薄院长的，可是他为什么告诉丁晖晖是刘海骄呢？"

梅婕瞪了他一眼："你这人，平时很聪明，可是女人的心理你真的不懂。"

在丁晖晖的内心深处，大师兄刘海骄作为孩子的父亲才是最完美的。绝代神医顾真人，正是了解这一点才说出善意的谎言。为了培养一个真正的继承人，发扬光大中医事业，顾真人可谓煞费苦心，用心良苦，以睿智和远瞻的眼光做出艰难而又超前的安排。安儿是否能够不负顾真人所望，学贯中西、博采众长，以精湛的医术和独到的创意为传统的中医领域开拓一个新局面呢？也许他很快就能做到，也许他的路还很长、很长……